KB102844

실시간 검색어 1위

실시간 검색어 1위

실시간 2 박현숙 장편소설

꿈꾸다

차례

NEWS
오늘은 D-20일입니다.

디데이, 그런 거 안 믿어

눈발이 날렸다. 기말고사가 끝난 오후의 운동장은 평소보다 분주했다. 다들 서둘러 학교를 빠져나가고 있었다. 점퍼 모자를 뒤집어쓰고 몸을 움츠렸다. 집까지 순간이동 하면 참 좋겠다고 생각하는 찰나였다.

"아이파크?"

민구 얼굴이 불쑥 턱밑으로 들어왔다.

"귀찮다."

"너는 도대체 매일 뭐가 그렇게도 귀찮냐? 저 무리들을 봐라. 시험이 끝나고 자유를 만끽하러 나가지 않냐? 너는 저런 거 보고 느끼는 거 없냐?"

"없다."

"열여섯 살의 가면을 쓴 영감탱이 같은 놈. 아이파크에 라면 한 그릇."

“귀찮다고.”

“아이파크에 라면 한 그릇, 타코야키까지 쏜다.”

집에 가서 전기장판에 몸을 맡기고 잠이나 퍼질러 자고 싶었다. 하지만 매달리는 민구를 뿌리치지 못하고 따라나섰다.

눈발은 점점 더 굵어졌다. 민구 점퍼에 쌓인 눈을 툭툭 털어 주는데 버스가 왔다. 버스 안은 한 정거장 전에 있는 고등학교에 다니는 아이들로 가득 차 있었다.

까만 벤치코트를 입은 무리들은 경호대 입구에서 와르르 쏟아져 내려 코인 노래방과 피시방이 있는 골목으로 흩어졌다.

“일단 타코야키부터 먹자. 라면은 노래 부르고 나와서 먹고. 됐지?”

민구가 타코야키를 파는 포장마차 앞으로 다가갔다. 문어를 아낌없이 팍팍 넣어서 맛이 끝내준다고 소문난 경호대 맛집이다.

“방금 우르르 몰려왔다 빠져나갔거든. 만들어 놓은 게 없으니까 잠깐 기다려.”

아줌마의 두툼하고 거친 손은 빨랐다. 나와 민구는 신들린 듯 움직이는 아줌마의 손을 물끄러미 바라봤다.

“기말고사 끝났니?”

“예.”

“살아낸다고 고생이 많다. 얼굴이 노란 걸 보니 며칠 동안 잠도 제대로 못 자고 공부한 모양이구나. 에이그 쯧쯧, 안쓰럽기도 해라.”

아줌마가 꼬챙이로 타코야키를 굴리면서 나와 민구를 바라봤다.

‘학생이 공부하는 거야 당연한 건데 고생이라고 할 것까지야…….’

민구는 그렇게 중얼거리더니 그래도 양심은 있는지 휴대폰을 꺼내들어 뒤적거렸다. 그러는 바람에 아줌마 눈길이 내게로 향했다. 나도 얼른 휴대폰을 바라봤다.

실시간 검색어 1위는 여전히 ‘동치동 설렁탕집’이었다. 동치동 설렁탕집은 벌써 3일째 실시간 1위를 달리고 있다. 동치동은 재개발을 앞둔 동네인데 서울에서 마지막 남은 달걀노른자란다. 그 노른자 중에서도 노른자 자리에 개업한 지 백 년 된 역사와 전통을 자랑하는 설렁탕집이 있다고 했다. 그런데 철거를 앞두고 설렁탕집 주인이 어마어마한 보상 조건을 내걸었고 그 조건이 받아들여지지 않으면 설렁탕집 건물을 철거할 수 없다고 못 박았다고 한다. 댓글을 보니 네티즌들의 반응은 뜨겁다 못해 펄펄 끓고 있었다. 남들보다 몇 배나 더 요구하다니 양심도 없다, 욕심이 과하면 설사한다 대충해라, 그 설렁탕 시대에 뒤처진 맛이다, 맛대가리도 더럽게 없어서 오늘 망하나 내일 망하나 카운트다운되고 있었는데 망하기 직전 재개발이 살려 주는구나, 무슨 소리 하냐 나는 그 설렁탕 마니아다 어떻게 된 나라가 날만 새고 나면 두드려 부수려 하느냐 외국처럼 몇백 년 된 건물 동네 가게 좀 보존하자…….

2위는 '모 여고 시험지 유출 사건'. 유명한 사립 고등학교에서 중간고사 시험지가 유출되는 사건이었다. 성적만으로 모든 걸 평가하는 잘못된 세상이 만들어 낸 절도다, 이런 도둑질이 있다고 어디 가서 말하나 창피하게, 이참에 1등만 요구하는 교육 정책을 바꿔야 한다, 뭘 또 바꾸냐? 바꿔도 매일 그 타령이더라 똥마려운 강아지처럼 안주하지 못하는 교육 정책 때문에 더 헷갈린다……. 이러면서 떠들썩하게 한 달 동안 실시간 검색어 1위를 달리다가 3일 전 설렁탕집에 밀렸다.

"그건 어떻게 되었니? 별로 달라진 거 없니?"

아줌마가 물었다.

'다짜고짜 그거라니? 밑도 끝도 없이 그거라니?'

속으로 그런 생각을 하며 나는 민구를, 민구는 나를 바라봤다.

"아유, 그거 말이다. 디데이인지 뭔지. 오늘이 디데이 며칠이니?"

"아하 그거요? 오늘이 디데이 28일인데요."

민구가 대답했다.

'D-day'는 지구가 한순간 사라지고 말 거라는 지구 최후의 날이다. 1년 전부터 슬슬 그런 말이 돌더니 한 달 전인 디데이 60일부터 카운트다운되고 있다. 'D-day 28'은 실시간 검색어 3위였다.

"너희는 지구가 사라진다는 말에 대해 어떻게 생각하니?"

"생각해 본 적 없는데요. 아줌마 타코야키 타겠어요."

"내가 타코야키 구운 경력이 몇 년인데 태우겠니? 걱정 붙들어

매라. 내 나이가 쉰여덟 살인데 말이다."

아줌마가 뜬금없이 나이를 고백했다. 나와 민구는 다시 마주 봤다.

'우리가 우리도 모르는 사이 아줌마 나이를 물어봤었냐?'

'아니, 그런 적 없는 거 같은데.'

'너는 아줌마 나이 궁금하냐?'

'아니, 전혀.'

'그럼 나이와 타코야키 굽는 것과 무슨 상관이라도?'

나와 민구는 마치 그렇게 말을 주고받는 듯 서로의 눈을 바라보았다. 그때 아줌마가 목을 젖히고 웃었다. 저 웃음은 또 뭔가. 나와 민구는 아줌마를 한 번 쳐다본 다음 다시 마주 볼 수밖에 없었다.

"니들 생각이 나와 같은 거 같아 웃은 거다. 니들도 지구 최후의 날은 오지 않는다고 믿고 있는 거잖니. 나는 이 나이까지 살면서 지구가 멸망한다는 말을 열 번 정도 들은 거 같다. 처음 그 말을 들은 게 언제더라? 아, 맞아, 내가 초등학교 3학년 때였던 거 같다. 우리 고모가 다니던 회사를 때려치우고 들어왔지. 할머니가 왜 멀쩡하게 잘 다니던 회사를 때려치웠느냐고 묻자 고모는 '내년에 3차 세계대전이 일어나고 지구가 멸망한대요. 그런데 힘들게 뭐 하러 일해요. 1년 동안 신나게 놀래요.'라고 말했지. 나는 당시 다른 아이들이 다 외운 구구단을 못 외워 하루하루 지옥 같은 나날을 보내고 있을 때였어. 학교에서는 선생님이, 집에서는 엄마가 구구

단! 구구단! 구구단! 나만 보면 구구단이라고 말하는 바람에 엄마와 선생님이 마치 구구 하고 우는 비둘기로 보일 때였으니까. 나는 제발 고모 말대로 되기를 바랐지. 구구단이 안 외워져도 몇 달만 버티면 지구가 멸망할 테니까. 하지만 그런 일은 일어나지 않았고 나는 구구단을 4학년이 되어서야 외웠단다. 그 뒤로도 몇 번이나 지구종말론이 나왔지만 그저 말뿐이었어. 다 구워졌다."

아줌마가 꼬챙이로 타코야키통을 탁탁 쳤다.

아줌마 말대로 지금 실시간에 오르내리는 그 얘기에 신경 쓰는 사람은 거의 없다. 지구가 어느 행성과 부딪혀 사라질 위기에 처했다는 기사는 그저 새로운 뉴스거리를 찾지 못하는 기자들의 먹잇감으로 여겨지고 있으니까. 그도 그럴 것이 지구를 향해 다가온다는 그 행성의 존재를 과학자들은 뚜렷하게 보여 주지 못했다. 그 행성과 지구의 거리를 실시간 동영상으로 보여 주어도 믿을까 말까인데 그 행성은 눈앞에 빤히 보이다가도 어느 순간 모습을 감추고 다시 나타나기를 반복한다나 뭐라나. 한술 더 떠서 이 행성일 수도 있고 저 행성일 수도 있단다.

원래 타코야키는 3천 원에 6개인데 아줌마가 우리에게 시험 보느라 고생했다며 7개를 주었다. 민구와 나는 문어가 가득 찬 타코야키를 3개 반씩 나눠 먹고 아이파크 코인 노래방으로 갔다. 노래방에 들어서자 노래를 부르는 건지 우는 건지 구분할 수 없는 노랫소리로 가득 차 있었다.

"너나 실컷 불러라."

나는 의자에 털썩 앉았다. 그렇지 않아도 귀찮았는데 허한 배 속에 먹을 것이 들어가 뜨뜻해지자 손가락 하나도 까닥하기 싫었다.

민구가 마이크를 잡았다. 크게 내세울 거 없는 오민구. 열여섯 살 치고는 심하다 싶을 정도로 작은 키와 덩치, 그저 그런 성적. 조금만 흥분하거나 억울하거나 긴장을 하면 사정없이 더듬는 말투. 누가 뭐라고만 하면 금세 졸아 벌게지는 얼굴빛. 그런 탓인지 내가 다가가기 전까지 민구는 늘 혼자였다.

민구는 마이크 잡는 폼 하나는 예술이었다. 내가 16년을 사는 동안 민구만큼 멋지게 마이크를 잡는 사람은 본 적이 없다. 마이크를 잡는 게 아니라 손가락으로 마이크를 갖고 논다는 표현이 더 어울릴 거 같다. 민구는 어렸을 때부터 아이돌을 꿈꾸었고 그 꿈을 이루기 위해 먼저 마이크와 친해졌다고 했다. 하지만 지금은 그 꿈을 포기했다.

"하도용. 나는 있지, 아이파크 노래방에서 이 마이크가 가장 마음에 들어. 뛰고 난리를 피워도 절대 배배 꼬이는 일이 없는 무선 마이크잖아. 하는 일마다 배배 꼬이는 내 열여섯 인생과는 좀 다르거든."

민구가 마이크를 공중으로 던졌다. 무엇에도 구속받지 않고 허공으로 솟아오른 무선 마이크는 정확하게 세 번 회전한 다음 민구

손으로 살포시 돌아와 안겼다.

“너를 처음 본 순간 허이허이. 곧 헤어질 거 같았어 허이허이. 그래도 너를 사귀기로 결심했지 허이허이. 슬픈 예감은 허이허이. 언제나 틀리지 않아. 어차피 어차피 헤어질 줄 알았지만 어차피 어차피 헤어질 줄 알았지만 마음이 너무 아파 허이허이…….”

민구가 목에 핏대를 세우며 노래를 불렀다. 지구를 주름잡는 아이돌을 꿈꿀 만큼 썩 잘 부르는 노래는 아니지만 민구 목소리는 뭔가 애절하게 들렸다. 그걸 뭐라고 하더라? 그래, 맞다, 소울. 민구 목소리에는 소울이 있었다. 민구가 허이허이를 목 놓아 외치는데 그게 꼭 슬픔을 토해 내는 거 같았다. 그런 민구를 멍하니 보고 있는데 민구 눈에서 눈물이 반짝했다. 민구는 얼른 마이크를 바꿔 잡는 척하며 눈물을 닦았다. 그러더니 몸을 박살이라도 내려는 듯 흔들기 시작했다.

“너 우냐?”

“안 운다.”

민구가 펄쩍 뛰었다.

“우는 거 맞네. 미친놈아, 발라드를 부르면서 왜 갑자기 춤을 추고 지랄발광이야? 슬픈 일 있냐?”

민구는 대답 대신 음악을 껐다. 그러더니 내 품에 털썩 쓰러져 끄억끄억 소리를 내어 울기 시작했다. 갑작스런 일에 당황스럽기도 하고 황당하기도 했다. 우는 놈을 안아 주며 달래자니 좁은 노래방에서 남자끼리 부둥켜안는 것이 어쩐지 좀 그렇기도 하고 그렇다고 두 팔을 양쪽으로 벌린 채 우는 놈을 그냥 지켜보자니 친구로서 도리가 아닌 거 같기도 하고. 이러지도 저러지도 못하고 있는데 구세주처럼 주머니 속에서 휴대폰이 요란하게 울렸다.

"하도용. 전화 왔다."

민구가 눈물을 훔치며 몸을 일으켰다.

할머니였다.

"너 어디냐? 할아버지가 이상한데, 빨리 좀 와 봐라."

"할아버지는 오늘 아침에도 이상하다고 했잖아요. 어제도 그랬고."

"지금은 진짜 이상하다니까. 열 손가락 손톱을 모두 세워서 방바닥을 긁고 있어. 옷도 다 쥐어뜯고. 어휴, 빨리 좀 와."

"아빠한테 전화하면 되잖아요."

"네 아빠가 전화를 안 받으니까 그러는 거지."

가겠다 말겠다 구체적인 대꾸는 하지 않고 전화를 끊었다. 도대체 아빠는 뭘 하느라고 전화를 안 받는담. 그리고 아빠가 전화를 안 받으면 그다음으로 엄마한테 해야 하는 거 아닌가? 집안에 일이 생기면 순서라는 게 있는데 말이다. 만만한 게 나다. 다른 때 같으면 가기 싫어도 자리를 털고 일어나 가겠지만 오늘은 움직이고 싶지 않았다. 날씨 탓인지 온몸의 세포가 축 늘어져 가만히 앉아 있어도 힘들고 모든 게 다 귀찮았다.

"가야 해?"

민구가 물었다.

"아니, 안 가도 돼. 노래 계속해. 그런데 울지는 마라, 응."

나는 혹시나 또 민구가 내 품에 쓰러져 울까 봐 겁이 났다.

"안 운다."

민구가 마이크를 잡았다.

민구는 쉬지 않고 노래를 불렀다. 오늘이 노래를 부르는 마지막 날인 듯 불러 댔다.

"이제 돈 주고 제발 한 곡만 더 부르라고 사정해도 못 부르겠어."

서른 곡을 부르고 나서야 민구는 마이크를 내려놓았다.

노래방 밖으로 나와 휴대폰을 확인했을 때 부재중 전화가 12통이 와 있었다.

"뭔 일이냐? 너네 할아버지 돌아가신 거 아니냐?"

민구 말에 덜컥 겁이 났다. 할머니에게 전화를 했지만 받지 않았다. 하늘을 쳐다보는데 기다렸다는 듯 눈발이 얼굴을 확 스치고 지나갔다. 그 순간 불길한 마음이 밀려들었다. 마음이 급해졌다.

"가자."

서둘러 휴대폰을 주머니에 넣고 한 발 내딛는 바로 그 순간이었다. 뭔가 바람처럼 달려와 앞을 가로막는가 싶더니 내 손에 보들보들한 것을 쥐여 주고는 쏜살같이 사라졌다.

"이게 뭐냐?"

내 손에는 요즘 한창 유행인 동물 모자가 있었다. 고양이 모자였다.

"어떤 놈이 주고 가더라."

"어떤 놈?"

"몰라. 너무도 빠르게 왔다가 빠르게 사라져 버려서 뒤통수밖에 못 봤어."

버리고 간 것처럼 보이지 않는 새 모자였다. 별 희한한 일도 다 있지 싶었다. 나는 회색 고양이 얼굴이 달린 꽃분홍색 모자를 물끄러미 바라봤다.

"준 거니까 쓰고 가라."

민구가 고양이 모자를 내 머리에 씌워 주었다.

명은 하늘에 맡기자

"어디 가서 뭔 짓을 하다 오는 거야? 아주 잘하는 짓이다."

현관문을 열고 들어가자마자 기다렸다는 듯 도진이가 소리쳤다. 며칠 밤샘을 하더니 목소리가 한여름에 열흘 넘게 방치한 밥처럼 쉬어 터져 있었다. 귀를 틀어막고 싶은 거를 간신히 참고 어기적어기적 거실로 들어갔다.

"얼씨구. 그 모자는 또 뭐야? 너한테 그게 어울린다고 생각하며 쓰고 다니냐? 그 튀어나온 배나 집어넣고 쓸 생각을 하든가. 아휴, 저게 어떻게 열여섯 살 몸매야? 요즘에는 오륙십 대 아저씨들도 그런 몸매 용서 안 한다더라. 매일 처먹고 자고, 자고 나면 또 처먹고 그러니 저 모양 저 꼴이지. 쪽팔려서 같이 다닐 수가 없어."

누가 저보고 같이 다니자고 했나. 저보고 먹을 것 좀 달라고 했나. 가만있는데 왜 시비인지. 그렇다고 맞장구 쳐 봤자 하도진을 이길 자신도 없고 해서 못 들은 척했다.

"내가 엄마 배 속에서부터 지금까지 사는 동안 딱 하나 실수한 게 있어. 그게 뭔지 알아?"

또 시작이다. 당연히 안다. 심심하면 하는 말이니까.

"너랑 같이 엄마 배 속에 자리 잡은 거다. 내가 미쳤었지."

엄마 배 속에 자리 잡을 당시에 뭐를 알았던 거처럼 말하는데 도진이 말대로라면 나도 미쳤던 거 맞다. 도진이와 쌍둥이로 태어날 거라는 거를 미리 알았더라면 차라리 세상에 태어나는 거를 포기했을 거다.

나는 못 들은 척 할아버지 방을 기웃거렸다.

"할아버지 119에 실려 갔다."

"뭐?"

"119라니? 할아버지가 왜 119에 실려 가?"

"할아버지가 이상했단 말이야. 너, 아까 할머니 전화 받았잖아. 숨을 쉬었다 안 쉬었다 하면서 손으로 옷을 마구 쥐어뜯고 난리도 아니었어. 할머니가 여기저기 전화해도 소용없어서 내가 119에 전화했다. 하여간 급할 때는 도움이 안 돼요, 도움이."

도진이가 나를 흘겨봤다.

"도, 도, 돌아가셨냐? 그래서 돌아가셨느냐고?"

"미친놈."

도진이가 들고 있던 휴대폰으로 내 머리통을 갈겼다. 눈앞에서 별이 와르르 쏟아졌다.

"돌아가셨으면 좋겠냐? 그리고 돌아가셨으면 내가 너를 데리고 이러고 있겠니? 상성병원 응급실로 가 봐라. 너 오면 그리 오라고 할머니가 몇 번이나 전화했었어."

119에 실려 갔다니까, 그만큼 급박했다니까, 그래서 혹시나 돌아가셨으면 어쩌나 겁이 나서 물어본 건데 아니면 아니라고 말해 주면 되는 거지 걸핏하면 폭력을 휘두르고 난리람. 비록 3분 차이지만 그래도 엄연히 내가 오빠인데 말이다. 아무튼 별일 없는 거 같으니까 다행이다.

나는 도진이를 빤히 바라봤다.

"빨리 가라니까 왜 쳐다보고 난리야? 뭐? 왜? 아하, 나는 왜 병원에 안 가느냐고? 학원에서 반평가 시험이 있어서 공부해야 하거든. 지금 학원 가야 해."

오늘 기말고사가 끝났는데 또 시험공부라니. 참 딱하기도 하다. 하긴 전교 1등 지키랴, 학원에서 주는 장학금 지키랴, 그게 결코 쉬운 일은 아니겠지. 돈 벌자고 학원 운영하는 원장이 학원 홍보용으로 장학금을 주는데 그거 아무한테나 주겠어? 너도 참 힘들게 산다, 그치, 하도진?

"왜 자꾸 쳐다보고 지랄이야? 빨리 가라고."

도진이의 쉬어 터진 목소리가 도저히 귀를 열고는 못 들어 줄 정도로 갈라졌다.

"그게 아니고."

"그게 아니면 뭐?"

"차비 좀 줘라. 상성병원까지 걸어갈 수는 없잖냐?"

"진짜……."

도진이가 아랫입술을 꽉 깨물더니 가방에서 지갑을 꺼냈다. 내가 네 엄마냐, 왜 나만 보면 돈 달라고 지랄이냐, 돈 좀 계획적으로 써라, 돈만 보면 굶주린 돼지처럼 뭐 사 먹지 못해 안달하지 말고. 어쩌고저쩌고 온갖 잔소리를 다 해대며 도진이가 지갑을 열어 빳빳한 만 원짜리 한 장을 꺼냈다. 슬쩍 보니 지갑 안에는 만 원짜리가 몇 장 더 있었다. 같은 지붕 아래 똑같은 중학교 3학년으로 살면서 도진이와 나는 삶의 질이 하늘과 땅 차이다. 하나는 귀족 중의 귀족이고 하나는 천민 중의 천민이었다. 그렇다고 해서 아빠의 차별을 부당하다고 따지고 싶거나 반발하고 싶은 마음은 눈곱만큼도 없다. 내가 아무 생각 없이 살아도 양심은 있다.

"할머니가 몇 번이나 전화했으니까 택시 타고 빨리 가. 잔돈은 남겨 와라. 상성병원까지 아마 7천 원 정도 나올 거야. 다 쓰면 죽는 줄 알아."

"고맙다."

고맙다는 말에는 두 가지 의미가 있다. '차비를 줘서 고맙다.'는 말과 '잔돈 잘 쓸게.'라는 의미다. 물론 도진이도 그 의미를 알고 있을 거다. 모든 것이 나와 다른 도진이지만 쌍둥이는 어느 순간 놀라울 정도로 서로의 마음을 꿰뚫어 보는 뭔가가 있다.

상성병원 앞에 도착했을 때 눈발은 더 굵어졌다.

응급실

붉은 글씨가 눈에 들어오는 바로 그 순간이었다. 내내 아무렇지도 않던 가슴속이 파도가 일렁거리듯 흔들리기 시작했다. 그 흔들림은 점점 더 거칠어지며 두려움의 덩어리로 변해 갔다.

한참 서성거리다 마음을 다잡고 응급실로 들어갔다. 멀리 할머니와 아빠가 의사와 이야기를 나누는 모습이 보였다. 천천히 그곳으로 다가갔다. 아빠와 할머니가 동시에 나를 바라봤다. 왜 전화를 받지 않았느냐고 호통칠 줄 알았는데 할머니와 아빠는 약속이나 한 듯 나를 한 번 힐끗 보고는 눈길을 거뒀다. 할아버지는 어디에 있는지 보이지 않았다.

"할아버지를 중환자실로 옮겨야 한다니까요. 응급조치를 취했지만 언제 또 위급한 상황이 올지 몰라요."

의사가 말했다.

"몇 번이나 말했잖아요. 중환자실은 못 가요."

할머니는 잘라 말했다.

"할머니. 그러다가 할아버지 돌아가세요."

"그래도 할 수 없지 뭐."

할머니 목소리에 찬기가 서려 있었다. 돌아가셔도 할 수 없다니.

"아드님은 어떻게 생각하세요?"

의사가 아빠를 바라봤다. 아빠는 할머니 눈치를 보며 우물쭈물 대답하지 못했다. 의사는 생각해 보라는 말을 남기고 총총걸음으로 '외부인 출입 금지'라고 쓰인 문을 열고 들어갔다.

"아까 119 차를 타고 오는데 119 양반이 나한테 묻더라. 할아버지가 호흡이 멈췄는데 심폐소생술을 할까요? 아니면 편히 돌아가시게 둘까요? 이러고 말이다. 이것저것 생각할 겨를도 없이 심폐소생술인지 뭔지 해 달라고 했는데 금방 후회했다. 아이구. 억지로 숨을 붙이는 게 그게 보통 일이 아니더라. 사람 목숨은 순리대로 해야지, 순리대로. 그리고 병원에 와서 또 그걸 했는데 보는 사람도 힘든데 니네 아버지는 오죽하겠나 싶더라. 아무리 정신이 없어도 고통은 느낄 수 있지 않을까 싶어."

할머니가 고개를 절레절레 저었다.

"너 703호 할아버지 사연 알지? 나이가 아흔두 살인 양반이 집에서 유언까지 다 남기고 돌아가시기 직전이었지. 갑자기 딸이 병원으로 옮기자고 난리를 피웠었지. 할아버지 본인이 절대로 병원으로 데려가지 말라고 살 만큼 살았고 내가 죽을 때는 내가 잘 안다고 병원 오고가며 서로 고생하지 말고 편히 죽게 놔두라고 그렇게 부탁했는데도 말이다. 1년 열두 달 가도록 얼굴 두어 번 보이면 많이 보이던 딸이 갑자기 효도를 하고 싶었던 건지, 원. 그래서 병원으로 옮겼는데 중환자실에서 산소호흡기에 의지한 채 1년을 살다가 결국 재산 다 말아먹고 세상 떴지. 숨 끊어지려고 하면 용써서 살려 내고 다시 숨 끊어지려고 하면 용써서 살려 내고 1년 내내 산소호흡기로 숨 쉬고 말은 단 한 마디도 못해 본체 말이다. 그게 어디 사람 사는 거냐?"

"어머니. 돈 때문에 그런다면……."

"돈 때문이 아니다. 나는 이미 알고 있었다. 먹는 거라면 자다가도 벌떡 일어나고 하루 다섯 끼 먹는 양반이 두어 달 전부터 먹는 양이 확 줄었었지. 사람이 먹는 거를 마다하는 게 가장 위험한 거다. 후두암 판정을 받았을 때도 먹는 거를 마다해 본 적 없고 뇌경색으로 쓰러졌을 때도 끼니마다 밥 찾던 양반이다. 우리는 암이니 뇌경색을 다 이겨 냈다고 생각했지만 그 찌꺼기들이 몸 안 어딘가에 웅크리고 있다가 몸이 쇠약해진 어느 순간 들고 일어난 거지. 거기에다 자기가 죽을 날이 얼마 남지 않은 걸 알고 있는 사람처럼 며칠 전에는 자기가 죽으면 고향에 묻어 달라고 하더라."

"아버지가요?"

"그래. 자기가 죽으면 돈 들여서 장례식 과하게 할 생각 같은 거 하지 말고 몇 년 관리비니 뭐니 주면서 납골당에 데려갈 생각도 하지 말고 고향에 묻어 달라고 그러더라. 그래도 양심은 남아 있었던 모양이지. 물론 치료를 해서 나을 가망이 있다면 당연히 중환자실보다 더한 곳이라도 가야지. 그런데 아니다. 아니야. 죄 짓는다고 생각하지 마라. 심폐소생술 해서 억지로 붙여 놓은 숨이다.

내가 볼 때 너희 아버지 오늘도 견디기 힘들 거다. 그냥 명대로 살고 가게 하늘의 뜻에 맡기자."

할머니 말에 아빠는 고개를 푹 숙였다.

"할머니."

나는 그제야 할머니를 불렀다.

"으응, 도용아. 너는 병원에서 꼼짝하지 말고 있어. 할아버지 언제 돌아가실지 모르니. 할아버지가 도용이 너라면 끔찍할 정도로 아꼈는데 네가 할아버지 임종은 지켜야지."

할머니 말을 듣는데 울컥했다.

우리 가족은 나 빼고 모두 할아버지를 싫어한다. 할아버지는 젊어서부터 술 마시고 폭력을 휘둘렀다고 한다. 술에 취해 호미를 할머니 머리를 향해 던지는 바람에 할머니 정수리에는 상처가 아직도 남아 있다. 괭이로 맞은 무릎은 지금도 흐린 날이면 쑤신다고 했다. 아빠도 어린 시절 할아버지에게 무던히 시달렸다고 했다. 술심부름은 예사였고 어떤 날은 술에 취해 학교 가는 아빠의 멱살을 잡고 공부해서 뭐에 쓸 거냐며 학교를 못 가게 하기도 했다고 한다. 설마 할아버지가 그랬을까 의심이 들기는 하지만 증인은 또 있다. 고모다. 고모도 할아버지의 과거 이야기가 나오면 치를 떤다.

엄마는 할아버지와 얽힌 과거는 없지만 할머니와 아빠가 싫어하니까 덩달아 싫어하는 거 같았다. 도진이는 할아버지가 남아선호 사상에 절어 어렸을 때부터 나만 좋아한다고 싫어한다. 쉽게 말해 할아버지는 우리 집 왕따다.

할아버지는 왕따에서 탈출해서 아버지로서 남편으로서, 그리고 할아버지로서 명예를 회복할 절호의 기회를 발로 차 버리는 실수도 했다. 고향에 있는 땅을 아무도 몰래 은밀하게 팔아서 혼자 다 쓰고 다닌 거다.

할아버지는 땅 판 돈으로 계절마다 새 옷을 사듯 수시로 틀니를 갈아치우고 조금만 아파도 병원으로 직행해 영양제를 맞았다. 의사가 감기라고 해도 할아버지 본인이 감기로 인정하지 못하겠으면 온 동네 병원을 하루 종일 샅샅이 훑고 다녔다. 하지 않아도 될 검사를 하고 괜찮다는 말을 들어야 마음을 놓았다. 그러니까 본인을 엄청나게 사랑하는 스타일이라고나 할까.

그 정도는 애교다. 노인정에 물건을 팔러 온 사람에게 몇백 주고 온돌장판을 사는 것을 시작으로 몸에 좋다는 온갖 약초를 사들이기도 했다. 우리 집 뒷베란다에는 먹을 수도 없고 그렇다고 돈 주고 샀으니 버릴 수도 없는 이름도 알 수 없는 약초들이(할머니는 그것을 염소도 못 먹는 풀이라 말한다.) 가득 쌓여 있다.

할아버지는 그렇게 땅 판 돈을 모두 탕진했다. (탕진이라는 말도 할머니가 한 말이다.) 할머니와는 땡전 한 푼도 나눠 갖지 않고 말이다. 할머니 입장에서 보면 배신감에 속이 뒤집어질 일이기는 하다. 솔직하게 말하자면 나는 우리 집에서 유일하게 수혜자였다. 할아버지가 사 주는 치킨과 햄버거 피자를 수없이 많이 먹었으니까. 내

배는 할아버지가 땅을 팔고 난 뒤 눈에 띄게 더 나왔다.

그런데 그깟 시골 땅 팔아 봤자 몇 푼이나 될까, 더럽고 치사해서 달라는 말 안 한다, 실컷 써라 실컷 써, 내가 마음을 비우면 그만이지. 이러고 나름 통 큰 모습을 보여 주었던 할머니의 속을 홀딱 뒤집는 사건이 터지고 말았다. 할아버지가 땅을 팔고 난 뒤 1년이 채 안 되어 고향에서 얼마 떨어지지 않은 곳이 신도시 개발로 확정되었다는 소식이 들렸다. 그것도 그저 그런 시시한 신도시가 아니라 서울에 있는 정부청사를 옮기는 그야말로 대단한 신도시가 들어선다고 했다. 땅값은 하늘 높은 줄 모르고 치솟고 할머니는 화병으로 식음을 전폐하고 누웠다. 머리에 끈을 동여매고 누워 있는 할머니를 약 올리듯 고향 친척들한테는 시도 때도 없이 전화가 왔다. 아이고, 그 땅을 팔지 않았으면 형님은 지금쯤 돈다발을 침대 삼아 잠을 잘 텐데, 돈복도 어쩜 그렇게 지지리도 없수, 이러면서.

몇 날 며칠 일어나지도 못하고 끙끙 앓던 할머니가 갑자기 툴툴 털고 일어났다.

"그 땅이 수천억으로 오르면 뭐 하나? 어차피 팔아서 혼자 다 쓸 텐데. 나하고는 상관없는 땅이지."

그러고 난 뒤 나는 할머니가 땅에 대한 미련을 모두 털어 낸 줄 알았다. 하지만 가끔씩 베란다에 서서 '저쪽이 고향이지' 이러면서 먼 하늘을 보며 한숨을 짓는 할머니 모습을 보면 꼭 그런 것만은 아닌 듯했다.

그 땅을 오를 만큼 올랐을 때 팔아서 할머니, 아빠와 좀 나눴더라면 할아버지의 입지는 많이 달라졌을 거다. 할아버지는 그렇게 하늘이 준 단 한 번의 기회를 날려 버렸다.

"배달하던 거 얼른 마저 하고 올게요. 오늘 꼭 배달해야 하는 물건이거든요."

할아버지에게 별다른 일이 일어나지 않자 아빠가 말했다.

"그래. 도용이가 있으면 되는 거지. 가서 얼른 일 봐라. 혹시라도 뭔 일 있으면 바로 전화할 테니까."

할머니가 손을 휘휘 저었다.

"하도용. 너 모자가 그게 뭐냐? 꽃분홍색 모자를 쓰고, 아이고 참 이제 하다 하다 별짓을 다 하고 다니네."

아빠가 나가며 한심하다는 말했다. 그때 엄마가 들어왔다. 엄마는 손님 손톱에 칠하던 매니큐어를 도중에 그만둘 수 없어 다 칠하고 오느라 늦었다고 했다.

그놈이 썼던 고양이 모자

할아버지가 침대에 반듯하게 누워 있다. 코에는 산소호흡기가 꽂혀 있고 눈을 꼭 감은 채 조금의 움직임도 없었다. 하루를 넘기지 못할 거라는 할머니의 예상은 빗나갔다. 산소호흡기를 꽂은 상태지만 할아버지의 호흡은 그런대로 안정적이었다.

나는 할아버지 옆에서 밤을 꼬박 샜다.

"너 학교 가야 하나?"

날이 밝아오자 할머니가 물었다. 학교 가야 하지? 이렇게 물으면 조금의 고민도 없이 '예' 대답할 텐데 글자 한 자가 사람을 고민하게 만들었다. '학교 가야 하지?'는 학생이니까 학교 가는 게 당연한 거니 어서 가라 이런 뜻으로 들리고 '학교 가야 하나?' 이 말은 공부도 제대로 안 하고 평소에도 학교 빼먹지 못해 안달이었는데 오늘 같은 날은 굳이 안 가도 되지 않겠느냐, 이런 뜻으로 들린다.

솔직히 나를 아껴 주던 할아버지를 생각하면 병원에 있는 게 맞다. 하지만 마음은 그런데 몸이 마음을 따라 주지 못했다. 어디고 푹 쓰러져서 좀 잤으면 좋겠다. 거기에다 밤새도록 배는 왜 그렇게 고픈지 눈앞에서 별이 왔다 갔다 할 지경이었다.

엄마 아빠는 밤에 왔다가 새벽에 집으로 돌아갔다. 먹고사는 게 중요한 일이고 그러자면 일을 해야 하니 잠시 눈을 붙여야 한다고 할머니가 등을 떠밀어서였다. 그런데 나보고는 그런 말을 한 마디도 하지 않았다. 엄마 아빠도 집에 가면서 같이 가자는 말은 하지 않았다.

졸리고 배고프고 휴대폰 배터리도 떨어지고 지옥도 이런 지옥이 없었다.

"학교…… 가야 할걸요."

나는 할머니 눈치를 보며 말했다.

"기말고사 끝났다고 해이해지면 가만두지 않겠다고 했거든요, 우리 담임선생님이."

"담임선생님이?"

"예, 성질 더러워요."

"그럼 가든가."

"가도 될까요?"

할머니가 고개를 끄덕였다. 나는 할머니 마음이 변하기 전에 재빨리 돌아서다 멈칫했다. 지금 이 상황에서 버스를 타고 집까지 가는 거는 무리다. 천근만근이나 되는 몸에 굶주린 배는 폴더 휴대폰처럼 자꾸 접히려고 했다.

“할머니, 죄송한데요.”

“죄송할 거 없다. 학생이 학교 간다는데 어쩌겠냐? 공부를 못해도 학생은 학생이지.”

“아니 그거 말고요. 택시비.”

나는 대단히 미안한 표정으로 할머니를 바라봤다. 할아버지가 저러고 누워 있는 마당에 할머니만 두고 가는 게 미안하긴 했지만 할머니 말대로 공부도 못하는 놈이 학교 때문에 가야 한다고 하는 것이 미안하긴 했지만 그렇다고 버스를 타고 가고 싶지는 않았다.

“전화하면 바로 뛰어와. 선생님한테 말하고, 알았어? 아무리 성질이 더러운 선생이라도 할아버지가 세상 뜨려고 한다는데 당연히 보내 주겠지.”

할머니는 만 원짜리 한 장을 내밀었다.

“도진이랑 같이 올게요.”

“도진이랑 같이 올지 어떨지는 상황 봐서 말해 주마.”

쉽게 말해 도진이는 함부로 부르지 않겠다는 말이다.

집에 가 보고 아무도 없으면 밥 먹고 그냥 퍼질러 자려고 마음먹었다. 선생님한테는 할아버지가 위독해서 병원에 있다 말하고. 도진이도 내가 지금 병원에 있는 줄 알 테니까 아무 문제없다. 전화를 먼저 해 보면 완벽한데 이럴 때 하필이면 배터리 방전이라니.

제발 도진이를 만나지 말게 해 달라고 빌면서 집에 도착했는데 엘리베이터 앞에서 도진이와 마주쳤다. 도진이는 아무 말 없이 나를 아래위로 훑어보더니 쌩하니 가 버렸다. 싸가지를 물에 푹푹 말아 먹은 인간 같으니라고. 할아버지는 좀 어떠시냐고 물어보면 누가 잡아가냐? 하긴 그러면 하도진이 아니지. 지구가 자기만을 위해 돌아가기를 바라는 천하에 이기적인 하도진.

엄마 아빠는 출근을 한 건지 아니면 병원에 간 건지 없었다.

일단 휴대폰을 충전시킨 다음 냉장고를 열어 반찬이라는 반찬은 모두 꺼내 큰 냄비에 쏟아부었다. 그리고 밥솥에 남은 밥도 모두 냄비에 퍼 담았다. 고추장을 넣고 참기름 반병을 넣은 다음 비볐다. 그걸 다 먹고 나니 정신이 좀 돌아오는 듯했다.

가방을 어깨에 걸치고 집을 나서는데 하느님이 원망스러웠다. 쌍둥이로 태어난 거는 어쩔 수 없다 치더라도 같은 초등학교에 다닌 것은 할 수 없다 치더라도 왜 중학교까지 도진이와 같은 학교로 가게 했는지, 같은 학교에 간 것도 모자라 1학년 때부터 3학년까지 왜 줄곧 같은 반이 되게 하는지 모르겠다. 도진이라는 이름의 족쇄 때문에 숨도 제대로 쉴 수가 없다.

휴대폰을 켜자 진동이 울렸다. 민구 문자가 10개도 넘게 와 있었다. 두어 개 읽어 보니 할아버지는 좀 어떠시냐는 안부 문자였다. 피 한 방울 섞이지 않은 남도 이렇게 안부를 묻는데 손녀라는 것이. 아휴 싸가지 없어. 공부만 잘하면 뭐 해. 인성이 엉망인데. 그러니 성적만 올려 보자는 마음으로 시험지를 훔치는 도둑도 생기는 거지. 이러고 구시렁거리는데 갑자기 실시간 검색어가 궁금해졌다.

'동치동 설렁탕집'이 아직 1위를 지키고 있었고 '시험지 유출 사건'은 3위로 밀려나 있었다. 2위는 'K동물보호단체 대표'였다. 새로운 사건이 터진 모양이었다. 'D-day 27'은 4위였다.

2위를 클릭해서 무슨 내용인지 읽어 보려는데 민구한테 문자가 왔다.

–학교에 오는 거지?

–간다.

–빨리 와.

나는 휴대폰을 주머니에 넣고 걸음을 빨리했다.

민구가 놀이터 앞에 서 있었다. 내가 손을 번쩍 쳐들고 아는 척하려는 찰나 민구는 전속력으로 달려오더니 다짜고짜 내 머리를 휘어잡았다.

"너 미쳤니?"

민구가 말했다. 그건 내가 하고 싶은 말이다. 왜 보자마자 남의 머리를 휘어잡고 난리람.

"너 내 문자 못 봤어?"

민구는 고양이 모자를 가방에 쑤셔 넣으며 말했다.

"문자? 아하, 문자. 봤지. 우리 할아버지 아직은 괜찮으셔."

"그거 말고 새끼야."

민구가 아랫입술을 질끈 깨물고 발을 동동 굴렀다.

"왜 욕을 하고 지랄이야? 그거 말고? 그거 말고 또 뭐가 있었어?"

"미치겠네. 조용히 하고, 아무 일도 없는 척하고 걸어라. 아주 태연하게. 그러면서 문자 다시 확인해."

민구는 내 가방 지퍼를 잠그고 몇 번이나 더 확인한 다음 말했다.

나는 휴대폰을 꺼냈다.

—그 고양이 모자 버려라.

—큰났다. 내가 편의점 갔다 오다 길에서 우연히 주워들었는데 누군가 하린이를…… 아무튼 그놈이 고양이 모자를 썼단다.

—그거 버려.

—절대 쓰고 다니지 말고 버려라.

"이게 무슨 소리야?"

"문자를 읽고도 무슨 소린인 줄 몰라?"

"너는 이것만 읽고 알겠냐? 하린이가 뭐 어떻게 되었는데?"

"야."

민구가 다시 달려들어 내 입을 틀어막았다.

"조용히, 조용히. 하린이라는 말 크게 하지 마. 하도용, 너 여자아이들 사이에서 하린이가 왕따인 거는 알지? 걔 눈이 하늘에 달렸다고 말이야. 그런데 여자아이들 중에 누군가가 누군가에게 하린이를 손 좀 봐 달라고 부탁했나 봐."

"누군가가 누군가에게? 무슨 말이 그렇게 어렵냐?"

"답답하네. 너는 어떻게 일일이 다 설명해 줘야 알아먹니? 여자아이들 중에 한 명이, 물론 누구인지는 몰라. 그 애가 어떤 남자에게 하린이를 손 좀 보라고 한 거지."

"왜?"

"그건 나도 모르지. 추측으로는 하린이가 왕따를 당하면서도 전혀 주눅 들지 않으니까 약이 올라서 어디 한번 당해 봐라 이런 거 아닐까? 아무튼 엇그제 밤에 하린이가 길에서 봉변을 당하려는 위급한 상황이 되었는데 딸꾹 딸꾹 딸꾹."

웬일로 급하게 말해도 말을 더듬지 않고 잘 지나가나 했더니 민구는 딸꾹질을 해대기 시작했다. 딸꾹질을 멈추려고 주먹으로 가슴을 치고 숨을 멈추고 별짓을 다 해도 딸꾹질은 멈춰지지 않았다. 한참 뒤에야 간신히 멈췄다.

"하린이가 도와 달라고 소리를 지르자 마침 지나가던 사람들이 몰려오고 그 누군가는 놀라서 도망치는데 그때 하린이가 그 누군가가 쓰고 있는 모자를 본 거지. 가로등 불빛이 희미했지만 꽃분홍색이 얼마나 강렬한지 한눈에 들어왔단다. 그 누군가는 '다음에 보자' 이러고 도망갔다더라. 하린이 엄마가 경찰서에 신고를 하고 경찰서에서 학교에 알렸나 봐. 그런데 그게 학교 폭력과 관련된 사건 같다며 비공개 수사를 한다고 아이들에게는 소문내지 말라고 했단다. 요즘 학교 폭력 사건 해결이 예전과 완전 달라진 거 알지? 단 하루 만에 나까지 알게 되었으니 비밀은 이미 비밀이 아니게 되었지만 말이야."

"그럼 어제 노래방 앞에서 바람처럼 나타나 내 손에 모자를 쥐여 주고 쏜살처럼 사라진 그놈이 그 누군가냐? 내가 가지고 있는 고양이 모자가 바로 그놈이 쓰고 있던 모자고?"

"그건 모르지. 하지만 어찌되었든 네 가방 안에 있는 저 모자, 저걸 가지고 있으면 그 누군가로 몰리기 십상이지. 나중에 학교 마치고 같이 모자 버리러 가자."

누가 하린이에게 그런 짓을 했을까? 컴컴한 골목에서 그런 일을 당했다면 하린이가 무척이나 놀랐겠다. 가만, 내가 지금 하린이 걱정을 할 때가 아니지. 머릿속이 복잡해지기 시작했다. 지금 학교가 중요한 게 아니다. 모자부터 버려야 한다. 저런 위험한 물건을 가방 안에 하루 종일 두는 것은 바보 같은 짓이다. 언제 어느 때 범인으로 몰릴 수도 있다. 안 되지, 안 돼.

"그런데 그 이야기 어디서 들었냐? 믿을 만한 소식통이냐?"

"경찰한테 들었으니까 확실하지. 경찰 두 명이 편의점 앞에서 주스를 마시면서 떠드는 걸 지나가다 들었다. 처음에는 아무 생각 없이 지나치려고 했는데 이하린이 어쩌고저쩌고 그러잖냐. 그래서 자세히 들었지."

"무슨 경찰이 수사 기밀을 길거리에서 발설해? 그것도 주스를 마시면서?"

"주스를 마신 거는 문제가 될 거 없지. 수사 기밀을 발설한 게 문제지. 하지만 그 덕분에 고급 정보를 주워듣게 된 거잖아. 그렇지 않았으면 너는 고양이 모자를 쓰고 학교에 왔을 거 아니냐? 그럼 하린이가 봤을 테고."

"너는 학교 가라. 나는 이 모자 버리러 가야겠다. 내가 언제부터 학교에 대한 애정이 넘친다고 이 위험한 물건을 들고 학교에 가냐. 나중에 문자 보낼게."

가방 지퍼가 제대로 닫혔는지 확인한 다음 민구에게 손을 흔들고 돌아서는데 저만큼 하린이가 걸어오고 있었다. 하린이와 눈이 마주치는 순간 심장이 얼어붙는 듯했다. 하린이는 내 얼굴을 한 번 쳐다보고 꼭 끌어안고 있는 가방을 쳐다봤다. 나는 무의식중에 가방을 더 힘껏 껴안았다.

"가자, 학교."

하린이가 지나가고 난 다음 말했다.

"모자 버리러 간다며?"

"야, 내가 여기까지 온 거 하린이가 다 봤는데 지금 사라지면 나를 의심할 거 아니야?"

"갑자기 너와 어울리지 않는 상상의 나래를 펴고 그러냐? 하린이가 왜 너를 의심해? 도용이 네가 모자 갖고 있는 거 하린이가 모르는데."

"그런 게 있다."

나는 학교를 향해 성큼성큼 걸었다.

나에게는 아무도 모르는 비밀이 하나 있다. 민구도 모르는 비밀이다. 아니, 엄밀히 말하면 아무도 모르는 거는 아니다. 하린이는 알고 있으니까. 다시 말하면 하린이와 나 사이에 비밀이 있다.

모두들 평온하다

"또 처먹냐? 그렇게도 맛있냐?"

도진이가 학원 가방을 둘러메고 나가며 눈을 흘겼다. 나는 못 들은 체 텔레비전만 바라봤다. 맛없다. 아니 맛이 없는 게 아니라 무슨 맛인지 모르겠다. 하도용 내 인생에서 맛을 모르고 뭘 먹는 거는 오늘이 처음인 듯싶다. 점심 급식도 무슨 맛인지 모르고 먹었다. 그냥 먹는다. 습관처럼.

오늘 온종일 무슨 정신으로 지냈는지 모르겠다. 누가 내 가방을 열어 볼까 봐 화장실에도 제대로 못 갔다. 오줌보가 터지기 직전에 민구에게 가방을 지키라는 눈짓을 보내고 다녀왔다. 급식실에 갈 때도 가방을 껴안고 갔다.

"왜? 디데이에 관심 있냐? 너는 디데이가 진짜 왔으면 좋겠지? 공부도 못하는데 지구가 확 폭파하면 좋겠다고 생각하겠지? 그런데 어쩌냐. 디데이는 안 와. 지구를 향해 다가온다는 행성과 그

주변 행성에 대해 내가 좀 알아봤는데 다가오고 있다는 말이 맞다 치더라도 각도상 절대 지구와 부딪힐 수 없거든. 한심한 기대는 하지 마라."

도진이가 혀를 끌끌 찼다. 도진이 말을 듣고 보니 내가 디데이에 대해 시민들 반응을 살피는 프로그램을 켜 놓고 있었다. 공부를 잘하기는 하나 중학생인 네가 내로라하는 과학자들보다 더 잘 알 리가 있느냐, 잘난 척하지 마라 이러고 한 마디 하려다 그만두었다. 말씨름해 봤자 백 퍼센트 진다. 입만 아프다.

말을 끝냈으면 얼른 나가면 좋겠는데 도진이는 계속 서 있었다.

디데이 27일, 시민들은 아직 평온한 상태입니다. 생필품을 사재기한다거나 도시를 탈출하거나 하는 모습은 보이지 않습니다.

마이크를 들고 진지하게 말하는 리포터 모습이 클로즈업되었다.

"뭐래? 저 리포터 바보 아니야? 지구가 의문의 행성과 부딪혀서 사라진다는데 왜 생필품을 사재기하고 도시를 탈출해? 그건 전쟁이 일어난다거나 폭동이 일어날 때나 자연재해를 피하고자 할 때 하는 행동 아니야? 방송국 리포터하기 참 쉽다, 쉬워."

나는 열심히 텔레비전을 보고 있다는 뜻으로 큰 소리로 말했다.

지구가 사라진다는 것은 지구에 존재하고 있는 생명체 또한 한 순간에 사라진다는 말과 같은데 여기에서 생필품 사재기와 도시

탈출이 왜 나오는지 모르겠다. 생수하고 라면 껴안고 어디로 가려고? 멍청한 리포터 같으니라고. 방송국에 들어가려면 보나 마나 어려운 시험을 통과했을 텐데. 하여간 저런 걸 보면 시험이라는 것이 한 사람을 완벽하게 평가하기에는 부실하고 객관적이지 못하다.

"너는 중학교 3학년이나 되었으면서 그것도 모르냐? 어떤 위험이 닥친다고 할 때 무엇을 사재기하고 탈출하고 싶어 하는 것은 사람들의 일반적인 심리야. 다시 말해 모두가 평온하다는 것은 디데이를 믿지 않는다는 말이고 리포터는 그걸 알리고 싶은 거지. 병신아. 처먹는 것만 좋아하지 말고 생각이라는 것 좀 하고 살아라."

도진이가 손가락으로 내 뒤통수를 찔렀다.

"이 계집애가 오냐 오냐 하니까 병신이라는 말을 입에 달고 사네."

나는 라면 냄비를 집어 던지며 벌떡 일어났다.

"네가 일어나면 어쩔 건데?"

"학원이나 가라. 예민한 사람 건들지 말고."

나는 눈을 부릅떴다.

"노려보면 어떻게 할 건데? 예민 좋아하네. 예민한 놈이 살이 피둥피둥 찌냐? 야, 내가 왕복 2시간 반이나 걸리는 학원에 다니면서 고생하는 게 누구 때문인 줄 알아?"

도진이 십팔번이 또 나왔다. 하도 들었더니 귀에 딱지가 앉았다.

아빠와 엄마는 결혼한 뒤 손발이 닳도록 일한 대가로 아파트를 분양받았고 그곳으로 이사를 했다. 나와 도진이가 초등학교 6학년 때였다. 그런데 전학 간 학교에서 나는 나의 의도와는 전혀 상관없이 짱이 되었다. 남들보다 좀 더 큰 덩치, 할아버지가 맞지 말고 자라라고 권유해서 배우게 된 무술 탓이었다. 솔직히 나는 짱이고 뭐고 다 귀찮았다. 나를 가만두지 않는 아이들 등살에 이리저리 끌려다니며 시키는 대로 말썽을 일으켰다. 그때마다 아이들은 나를 앞세우고 최고라고 부추겼다. 아이들은 뺏은 돈으로 나에게 햄버거를 사 주고 닭꼬치도 사 주었다. 하루하루 그러다 보니 그 재미도 쏠쏠했다.

아빠는 잘못하면 자식을 깡패로 키우게 생겼다면서 눈물을 머금고 이사를 결심했다. 아빠는 아파트를 세주려고 마음먹었는데 할아버지가 당장 팔아 버리라고 했다. 세를 주고 가면 새 아파트에 미련이 생겨서 시시때때로 다시 이사하고 싶을 거라고 말이다. 모든 것이 자식을 위해서니 팔아 버리라는 할아버지 말을 아빠는 듣고 말았다. 다른 일에는 절대 할아버지 말을 듣지 않는 아빠가 왜 그랬는지 아직도 불가사의한 일이다. 할머니는 그때 아빠가 뭐에 홀린 거라고 했다. 그런데 그 동네가 몇 년 사이에 몰라볼 정도로 변하고 있다. 아파트 값은 6배 이상 뛰었고 최고의 학군으로 거듭나고 있는 중이다. 반면 지금 살고 있는 아파트는 값이 오르기는커녕 도리어 떨어지고 있는 추세란다. 이제는 죽었다 깨어나도 그 동네에 다시 갈 수 없다고 했다. 이래저래 할아버지와 나는 미운털이 하나 더 박혔다.

도진이가 그 대단한 동네의 대단한 학원에서 장학금까지 받고 있으니 대단하다는 거 인정한다.

도진이는 그 아파트 주변이 어떻게 바뀌었는지 이제는 다 외우고도 남을 말들을 한참 더 퍼붓다 현관문을 부서져라 닫고 나갔다.

팅팅 불어터진 라면을 싱크대에 버리고 있는데 민구에게 문자가 왔다.

—모자 버리러 가자.

저녁 무렵부터 기온이 큰 폭으로 떨어진다더니 일기예보가 딱 맞았다. 머리가 얼마나 시린지 가방 속에 있는 고양이 모자를 꺼내 쓰고 싶을 정도였다.

"가방까지 들고 왔네?"

"모자만 들고 오다 다른 사람 눈에 띌까 봐."

"잘했다. 그런데 어디에다 버릴까? 우리 아파트 헌옷수거함에 버릴까?"

"그건 위험해. 아파트에는 시시티브이가 너무 많아."

"그럼 어디로 가서 버릴까?"

나와 민구는 머리를 맞대고 궁리했다. 멀면 멀수록 좋을 거 같았다. 되도록 시시티브이가 뜸한 한적한 곳이면 더 좋겠다. 한참을 고민하다 일단 버스를 타기로 했다.

버스 정류장에 도착하는데 막 정차하는 버스가 있었다. 민구는 재빨리 버스에 올랐다. 그런데 버스 계단을 올라가던 민구가 한 계단을 앞두고 멈췄다.

"어이, 학생들 뭐 하는 건가? 빨리 올라가지 못하고."

뒤에서 덩치 큰 남자가 밀었다. 나는 민구를 밀었다.

버스에 올라가는 순간 왜 민구가 멈칫했는지 알 수 있었다. 하린이가 운전석 바로 뒤에 앉아 있었다. 나와 민구는 덩치 큰 남자가 미는 바람에 엉겁결에 하린이 옆으로 가고 말았다. 하필이면 모자를 버리러 가는 길에 하린이를 만나다니. 무심코 고개를 들던 하린이와 눈이 마주쳤다. 심장이 얼어붙는 듯했다.

덩치 큰 남자가 계속 밀었다. 그 바람에 민구는 주춤주춤 옆으로 밀려갔고 나만 하린이 옆에 남았다. 민구를 따라가려는 찰나 덩치 큰 남자가 민구와 나 사이에 끼어들었다. 그 남자를 제치고 자리를 피하는 모습이 더 이상할 거 같아 어쩔 수 없이 하린이가 앉은 좌석의 손잡이를 잡고 창밖을 쳐다보는데 목이 자꾸 화끈거렸다. 슬쩍 아래를 쳐다 보니 하린이가 쏘아보고 있었다. 나는 얼른 뒤돌아봤다. 자리를 옮기고 싶은데 그새 사람들이 가득 차서 다른 쪽으로 가기가 만만치 않았다. 그때 버스가 급브레이크를 밟으며 휘청했다. 순간 덩치 큰 남자가 그 거대한 배로 내 몸을 사정없이 밀었다.

"어어어어어어."

뭘 어떻게 할 틈도 없이 내 몸은 하린이를 향해 쓰러지고 있었다. 나는 재빨리 몸에 힘을 주어 버티려고 했다. 그러다 그만 한 손이 하린이 허벅지를 힘껏 누르고 말았다. 하린이와 눈이 마주쳤다. 1초, 2초, 3초.

"뭐 하는 짓이니?"

하린이가 내 손을 뿌리쳤다. 지지대처럼 바치고 있던 손이 하린이 허벅지를 벗어나는 순간 나는 하린이에게 풀썩 쓰러지고 말았다.

정말 억울하고 분했다. 내 의지와는 전혀 상관없이 일어난 일이었다. 하지만 언제 그랬냐는 듯 버스는 유유히 달리고 사람들 또한 아무 일도 없었다는 듯 평온한 상태가 되었을 때 사람들이 이상한 눈빛으로 나를 바라봤다.

'아, 아, 아니 버스가…….'

변명하고 싶었다. 하지만 버스 탓이라고 말할 수 없었다. 다른 사람들에게는 아무 일도 일어나지 않았으니까.

"아, 아, 안녕."

나는 하린이를 향해 손을 들어 보였다. 절대 달리는 버스 안에서 낯선 사람에게 이상한 짓을 하는 그런 아이가 아니라고 사람들에게 말하고 싶었다. 그래서 하린이와 내가 아는 사이라는 것을 알리고 싶었다. 그런데 바로 그 순간 하린이가 발딱 일어나 나를 밀치고 앞문으로 가더니 마침 버스가 정차한 정류장에서 내렸다.

"이하린답다. 친구가 곤란한 상황에 처했으면 인사를 받아주어야 옳은 거 아니냐? 그렇게 고상한 척하니까 아이들이 싫어하지."

옆으로 다가온 민구가 말했다.

"그, 그, 그렇지."

나는 민구 말에 건성으로 대답했다. 그날 하린이에게 쓸데없는 이야기를 지껄인 게 후회되었다.

"모자, 빨리 내려서 모자 버리자."

갑자기 마음이 급해졌다.

"다음에서 내릴까? 어둑어둑해지니까 버리기 좋을 거다."

나와 민구는 다음 정류장에서 내렸다. 민구 말대로 모자 버리기 딱 좋게 어둠이 빠르게 내리고 있었다.

두 갈래 길에서 어느 쪽으로 가야 한적한 곳일까 고민하고 있는데 휴대폰이 울렸다. 할머니였다.

"하도용. 어여 와. 빨리 와. 도진이도 와야 할 거 같다. 같이 있으면 데리고 와. 아니지, 도진이는 학원에 있겠네."

도진이까지 데리고 오라는 걸 보면 할아버지가 진짜 위독한 모양이었다.

"병원. 병원 가야 해. 민구야. 너 돈 있냐? 택시비 좀 줘라."

나는 지나가는 택시를 잡았다.

어쩌다 고양이 모자가 내게로 왔을까

"그러니까 당신은 아버지가 돌아가시지 않은 게 못마땅하다는 거야? 아무리 아버지가 미워도 그렇게까지 생각하면 안 되는 거지."

아빠가 엄마에게 따지듯 물었다.

"어머. 당신은 무슨 말을 그렇게 해? 당신 전화 받고 정말 급하게 오느라고 단골손님 매니큐어를 다 칠하지 못하고 왔으니까 하는 말이잖아. 까다로운 손님인데 휴우, 그런 말도 못해? 갑자기 효자가 되기로 결심한 거야, 뭐야."

"오늘 못 칠했으면 내일 마저 칠하면 되는 거지."

"손톱에 매니큐어 칠하는 게 벽에 페인트칠하는 건 줄 알아? 그걸 말이라고 해……."

엄마는 무슨 말인가 더 하려다 할머니 눈치를 보더니 그만두었다. 금방 돌아가실 거 같았던 할아버지가 다시 안정을 되찾았다.

온 가족이 다 모였는데 도진이는 보이지 않았다. 내가 두리번거리자 할머니는 용케 내가 뭘 궁금해하는지 알아챘다.

"할아버지가 괜찮아져서 도진이한테는 병원에 오는 길이면 도로 돌아가라고 전화했다. 다행히 학원 수업이 끝나지 않아서 아직 출발하지 않았다고 하더라."

할머니는 할아버지 머리에 붙은 실 같은 것을 떼어 내며 말했다. 엄마는 단골손님 손톱에 매니큐어도 칠하다 말고 달려오고 나는 모자도 버리지 못하고 달려왔는데 그깟 학원 수업 듣는 도중에 좀 일찍 나오면 큰일이라도 나나.

"가서 가게 청소하고 정리할게요."

엄마는 한숨을 푹푹 쉬며 돌아갔다.

"너도 하루 종일 무거운 짐 배달하느라고 힘들 텐데 집에 가서 쉬어라. 저녁도 먹고."

할머니가 아빠를 안쓰러운 눈으로 바라봤다.

"어머니, 저랑 같이 지하 식당에 가서 저녁 잡수세요. 점심도 제대로 못 잡수셨죠? 여기는 도용이한테 잠깐 있으라고 하고요."

할머니와 아빠가 식당으로 간 다음 나는 의자를 가져다 침대 옆에 놓고 앉았다. 할아버지 얼굴은 평온했다. 물끄러미 할아버지 얼굴을 쳐다보고 있는데 울컥했다. 미운털이 박힌 동지애 같은 것일까. 하지만 곰곰이 생각해 보니 꼭 그것만은 아니다. 적어도 할아버지는 나에게 다정다감했다. 땅 판 돈으로 먹을 것을 사 준 그 애기를 하는 것이 아니다.

할아버지는 나를 늘 안타깝게 여겼다. 이란성 쌍둥이로 태어났는데도 도진이와는 전혀 다른 삶을 살며 엄마 아빠에게 푸대접을 받고 있는 나를 불쌍하고 가엾게 여겼다.

게으르고 책임감 없고 개념 없는 한심한 아이, 뭐 하나 열심히 해 보겠다는 의지조차 없는 밥버러지 같은 아이, 이게 아빠가 생각하는 나, 하도용이다. 맞다, 나는 그런 아이이다. 나도 안다. 그래서 도진이와 다르게 말도 안 되는 부당한 대접을 받아도 내가 못나서 그러려니 하고 만다. 그런데 작년에 딱 한 번 가출을 한 적이 있었다. 용돈을 받는 날이었는데 마침 그날은 기말고사 성적이 나온 날이었고 도진이는 반 1등을 넘어 2학년 전교 1등이었고 나는 반 꼴찌를 넘어 2학년 전교 꼴찌였다. 꼴찌만 하는 놈이 뭔 돈이 필요해, 꼴찌를 하는 놈이 양심도 없이 용돈을 달라고 해? 너 줄 돈 있으면 그 돈으로 화단에 사는 쥐새끼한테 맛난 거 사다 주는 게 낫겠다. 아빠는 나를 이렇게 몰아세웠다. 내가 쥐새끼보다도 못하다는 생각이 들었을 때 왜 그렇게 서글픈 마음이 드는지 나도 모르게 가출 선언을 했고 누구도 나를 잡지 않는다는 것에 충격을 먹어 바로 집을 나와 버렸다. 그때 공교롭게도 할아버지는 집에 없었다.

그길로 먹고 잘 수 있는 주유소에서 기름 넣는 알바를 시작했다. 큰 덩치 덕에 고등학생이라고 말하고 방학 동안 알바할 거라고 거짓말을 해도 주유소 사장님은 시원하게 속아 넘어가 주었다. 가출 이틀 만에 아빠는 전화를 해서 네 인생 네 마음대로 살아라, 안 말린다, 대신 앞으로 길에서 만나도 아는 척하지 마라. 오늘부터 너는 내 아들이 아니고 나는 네 아빠가 아니다, 천하에 못난 놈. 이러고 욕을 바리바리 해 댔다. 날도 추운데 밖에 서서 자동차에 기름을 넣는 일이 얼마나 힘든지 빈말이라도 집에 돌아오라고 했으면 모른 척 들어가고 싶었다. 하지만 아빠는 그런 말은 꺼내지도 않았고 싸늘하기만 했다.

"알았어요. 내 인생 내가 살 테니 신경 끄세요. 밥버러지한테 신경 끄라고요."

너무 서운해서 불쑥 튀어나온 말이었다. 아빠는 기다렸다는 듯 오냐! 이러고 전화를 딱 끊어 버렸다. 그때 울면서 결심했다. 절대로, 절대로 집에 들어가지 않을 거라고. 이제부터 나에게는 집도 가족도 없다고.

그런데 그다음 날 할아버지가 찾아왔다. 할아버지는 아무 말도 없이 등을 내밀었다.

"업혀라. 집에 가자."

마르고 여위어서 내 등짝의 반밖에 안 되는 할아버지의 등이었다. 어린이집에 다닐 때, 유치원에 다닐 때, 나는 늘 할아버지에게 업혀 다녔다. 학교에 입학하고 나서도 반년 정도는 그랬던 거 같다. 내 덩치가 좀 커지고 나서는 할아버지 자전거 뒤에 타고 학교에 갔고 3학년이 되어서는 할아버지와 같이 학교에 가는 게 어쩐지 쪽팔려서 그만두었다.

"학교 다녀 봤자 다니지 않는 거나 어차피 같아요."

"어차피는 무슨. 네가 앞날을 어찌 알아? 나도 옛날에는 내가 나이 들어 이렇게 왕따당하며 살 줄 꿈에도 몰랐는데. 사람 사는 거 모르는 법이다. 양지가 음지 되고 음지가 양지 될 수도 있어. 아이구 불쌍한 것. 어서 업혀."

할아버지는 등을 계속 내밀었고 나는 어쩔 수 없이 할아버지를 따라 집으로 돌아왔다. 등을 내밀고 업히라는 할아버지 말에 감동받아서가 아니었다. 주유소 사장님이 할아버지 따라서 가라고, 할아버지 얼굴을 봐서라도 우리 주유소에서 너를 쓸 수 없겠다고 말해서였다.

"보호자분은?"

의사가 다가와서 물었다.

"식사하러 가셨어요."

"음, 그래? 돌아오시면 할아버지 중환자실로 올라가야 한다고 말씀드려. 응급실에 계속 있을 수 없는 거라고, 알았지?"

의사는 차트를 부지런히 뒤적이더니 다른 곳으로 갔다.

고소한 돈가스 냄새를 풍기며 할머니가 돌아왔을 때 나는 의사의 말을 전했다.

"어차피 얼마 살지 못할 텐데 왜 자꾸 중환자실로 옮기라고 하는지, 원."

할머니는 시큰둥한 표정으로 중얼거렸다. 할머니가 어떻게 할아버지 앞날을 그렇게도 잘 아느냐고 말할 뻔했다.

"할머니. 저는 배가 고파서 이만 가 볼게요."

이렇게 말하면 배고플 텐데 지하 식당에 가서 밥 한 그릇 사 먹고 가라고 할 줄 알았다. 하지만 할머니는 눈길도 주지 않고 가 보라고 했다. 그것뿐이면 말도 안 한다. 버스를 타고 가라고 했다. 매일 택시 타고 다니면 그 돈을 다 감당할 수 없다고 말이다.

버스를 타고 집으로 돌아오는데 배가 고파 멀미가 났다. 겨우 집으로 돌아와 현관문을 여는데 매콤하고 달콤한 냄새가 났다. 도진이가 떡볶이 세트를 사와 인강을 들으며 먹고 있었다.

'떡볶이 세트는 기본 2인분부터 파는 거야. 혼자 다 못 먹을걸.'

나는 반가운 마음에 도진이 옆에 털썩 주저앉아 어묵튀김 하나를 덥석 잡았다.

"뭐 하는 짓이야. 누구 허락받고?"

도진이가 튀김을 낚아채 갔다.

"양도 엄청 많고만. 같이 먹자."

"아빠가 나 먹으라고 시켜 준 거거든. 혼자만 먹으라고 했다고. 꿈도 꾸지 마."

기름이 촉촉하게 묻은 손가락을 쪽쪽 빠는데 서글픈 생각에 콧날이 찡해졌다.

"왜? 슬프냐?"

도진이가 돌아봤다.

"슬프면 공부 잘하면 되잖아. 대한민국에서 학생으로서 대접받고 살려면 공부를 잘해야 하는 거 몰라? 하긴 네가 무슨 수로 공부를 잘하겠니? 공부 못하면 먹지도 마라."

도진이는 입이 터져라 만두를 집어넣었다.

떡볶이 국물에 만두와 어묵튀김을 말아 싹싹 다 긁어 먹은 도진이가 노트북을 들고 일어났다.

"가방에 황금이라도 들었니? 아까 급식 시간에도 가방을 끌어안고 먹더니 집에서도 메고 있네. 혹시 가방이라도 열심히 끌고 다니면 공부를 잘하게 될까 봐? 아무리 생각이 없어도 그런 유치한 생각은 안 하겠지."

도진이는 방으로 들어가며 내 어깨를 힐끗 바라봤다. 나는 그제야 내가 아직도 가방을 메고 있다는 것을 깨달았다. 그리고 모자를 아직도 버리지 못하고 있다는 사실에 어깨가 한없이 무겁게 느껴졌다.

나는 민구에게 문자를 보냈다. 지금 만나 모자를 버리러 가자고 말이다. 으슥한 밤이라 사람도 뜸할 테고 모자 버리기에 딱 좋은 시간이다.

—안 돼. 급한 일이 생겼어.

아까는 아무 말도 없었는데 갑자기 무슨 급한 일이 생겼다는 건지 궁금했다. 하지만 그 문자를 끝으로 민구는 더 이상 대꾸가 없었다. 전화도 받지 않았다. 나는 찬밥을 뜨거운 물에 말아 김치와 먹었다. 그리고 가방을 끌어안고 누웠다.

하린이가 자꾸 떠올랐다. 하린이가 당할 뻔한 봉변이 어떤 것일까? 왜 하필 하린이에게 그런 일이 생기고 또 왜 하필 고양이 모자가 내게로 왔을까. 물론 내가 가지고 있는 모자가 그 모자라고 단정 지을 수 없지만 불안했다.

하린이는 2학년 2학기 때 전학을 왔다. 여자아이들은 하린이가 쓸데없이 콧대가 세다고 했다. 주제도 모르고 눈이 이마 끝에 붙었다고도 했다. 여자아이들 말은 틀렸다. 하린이는 결코 쓸데없이 콧대가 세고 주제도 모르고 눈만 높지 않았다. 하린이는 국민 여동생이라고 불리는 인기 배우와 쌍둥이라고 해도 믿을 만큼 닮았다. 서글서글한 큰 눈에 날렵한 코, 그리고 주먹만 한 얼굴. 외모도 외모려니와 하린이는 공부도 잘했다. 콧대가 세고 눈이 높을 만한 이유는 된다는 말이다. 그런데 그런 하린이가 왜 하필 나에게…….

"하도용."

생각은 엄마가 문을 벌컥 여는 바람에 끊겼다.

"먹었으면 치워야 할 거 아니니? 거실에 그냥 두면 누가 치워?"

엄마는 다짜고짜 화를 냈다. 엄마가 얼마나 힘들게 일하는데 도와주지는 못할망정 이러고 싶으냐고 쉬지 않고 쏘아붙였다.

"도진이가 먹은 거거든."

나는 잠시 엄마가 말을 끊고 숨을 쉬는 틈에 얼른 말했다. 엄마가 움찔했다. 하지만 그건 잠시였다.

"누가 먹었든, 눈에 보이면 치워야 하는 거 아니니?"

이랬다.

이해할 수 없는 고백

그날은 살인적인 더위로 숨조차 시원하게 쉴 수 없었다. 화장실에 다녀오는데 복도에서 마주친 하린이가 옆으로 지나가며 내 손에 쪽지를 쥐여 주었다. 수업 마치고 잠깐 보자는 내용이었다.

영문도 모른 채 경호대 근처에 있는 아이스크림 가게에서 하린이와 마주 앉았다. 말없이 아이스크림만 먹다 보니 아이스크림 한 통은 금세 바닥을 드러냈고 하린이는 다섯 가지 색깔을 섞어 한 통을 더 사 왔다.

"나랑 사귀자."

수북한 아이스크림을 반쯤 먹어 갈 때 하린이가 말했다. 그때 생각을 하면 지금도 머리부터 발끝까지 마비가 오는 듯 찌릿한 통증이 느껴진다. 열여섯 살이 되는 동안 수많은 일들을 겪었고 충격적인 말도 많이 들었지만 온몸에 세포가 한꺼번에 들고 일어났다가 한순간에 얼음처럼 굳어 버리는 경험은 처음이었다.

"사귀자고."

하린이가 다시 한 번 말했을 때 몸이 사시나무 떨리듯 떨리기 시작했다. 태연한 척하려고 몸에 힘을 주면 줄수록 더 떨렸고 그 바람에 내 배와 맞닿은 탁자도 흔들렸다. 하린이가 흔들리는 탁자를 바라볼 때 죽고 싶을 정도로 쪽팔렸다. 여자아이에게 고백을 받는데 덜덜 떠는 것도, 대책 없이 무지막지하게 나온 배가 그날처럼 쪽팔렸던 적은 없었다.

"왜? 왜 나하고 사귀자고 하는데? 무슨 꿍꿍이로?"

하린이 같은 애가 사귀자고 하는데 당연히 그 말을 덥석 물어야 한다는 생각이 드는데 내 입은 전혀 엉뚱한 소리를 하고 있었다. 입은 이미 내 몸에서 벗어나 내 의지로 통제할 수 없었다. 단 한 번도 써 본 적 없는 '꿍꿍이'라는 말이 내 입에서 나왔을 때 나는 당황스러웠다. 어디서 주워들은 단어가 얼토당토하지 않게 튀어나오는지 모르겠지만 꿍꿍이라는 말은 하린이가 음흉스럽다는 뜻과 일치하는 말이었다. 단 한 번도 하린이가 그런 애라는 생각은 해 본 적 없었다.

하린이는 꿍꿍이 같은 거 없다고 했다. 전학 와서 몇 개월 지켜본 결과 내가 마음에 들었단다. 그 말을 들을 때 물고기처럼 파닥거리던 심장이 입 밖으로 튀어나오려고 했다. 감격해서 하린이 손을 꽉 잡고 그러자, 나도 네가 괜찮다는 생각 늘 했었다, 마음은 이랬는데 또 입이 제멋대로 움직였다.

“너, 나에 대해 잘못 알고 있는 모양인데, 나 그렇게 호락호락한 아이 아니다. 이런 말까지 하고 싶지는 않은데 어쩔 수 없이 말해야 할 거 같아서 한다. 내가 사실은 이 학교에 있을 몸이 아니었거든. 너 소라동 알지? 소라동에 있는 학교에 다닐 몸이었는데 내가 초등학교 6학년 때 학교 짱이었거든. 아빠가 깡패로 키울 수 없다고 이 동네로 이사 온 거지. 그러니까 다시 말하면 으슥한 밤 골목을 좀 누벼 봤다는 얘기야.”

미쳤지. 그게 무슨 자랑이라고. 나는 내 입이 제멋대로 사고를 쳐도 속수무책이었다. 거기에다 이두박근 삼두박근에 왜 그렇게 힘을 주었는지, 가지가지 쪽팔린 짓은 다 했다.

한술 더 떠서 보란 듯 이마를 쓸어 올리며 잔뜩 거드름을 피웠다. 하린이가 얼굴을 찡그릴 때 나는 아주 여유로운 미소를 떠올리며 한 마디 더했다. 여자아이들을 좀 사귀어 봤는데 나는 사실 누구를 단독으로 정해 사귀는 것보다 이 아이 저 아이 다 만나는 게 좋더라. 자유로움을 추구한다고나 할까, 이러면서 말이다. 자유는 무슨 개뿔.

“여자애들을 좀 괴롭혀도 봤지.”

내 입은 이미 내 몸에 구속된 일부가 아니었다. 앞뒤 맥락도 없이 이런 말을 왜 하나, 입이 미치지 않고서야 이럴 수는 없다고 생각했다.

하린이가 적어도 20분 정도는 나를 노려봤던 거 같다. 나는 아무릎지도 않은 척 다리를 꼬고 앉아 아이스크림통 바닥을 숟가락으로 박박 긁고 있었다. 하린이는 자리를 박차고 일어나며 '머리에 피도 안 마른 초딩 새끼가 별짓을 다 하고 다녔네. 기막혀' 이러더니 아이스크림가게 문을 박차고 나갔다.

나는 그날 이불을 뒤집어쓰고 밤새 내 욕을 해 댔다. 미친놈아. 병신 같은 놈아. 한심한 놈아. 쪽팔리게 왜 사니. 죽어라, 죽어.

지나고 나서 생각해 보니 그건 열등감이었다. 빈 깡통 같은 내면을 들키고 싶지 않아 하린이가 다가오지 못하도록 막을 친 거였다. 그로부터 일주일이 지나고 나서 혼잡했던 생각은 간결하게 정리되었다.

'어차피 결론은 같아. 사귄다고 해도 일주일도 못 가 하린이가 실망하고 헤어지자고 했을 테니까. 게으르고 나태하고 책임감 없고 공부는 지긋지긋하게 못하는 한심한 나를 계속 좋아해 주지 않았을 테니까.'

그러한 결론을 내리면서도 뼈아프게 후회되는 일이 있었다. 여자아이들을 이 아이 저 아이 만나고 괴롭혀도 봤다는 말 말이다. 좀 더 멋지게 하린이를 사귈 수 없는 이유를 만들어 낼걸. 예를 들면 우리는 지금 그럴 때가 아니고 공부할 때다. 이런 고급스러운 말도 있는데. 하늘을 우러러 맹세하는데 나는 여자아이를 사귀어 본 적도 괴롭혀 본 적도 없다. 그날 내가 했던 말이 이렇게 고양이 모자와 묘하게 엮일 줄은 꿈에도 몰랐다.

어둠이 내리면서 바람은 더 거세졌다. 약속 시간이 5분 지났는데 민구는 코빼기도 보이지 않았다. 이러다 동태가 되는 건 아닌지 슬슬 부아가 치밀 때쯤 민구가 모습을 드러냈다. 약속 시간에 늦었는데도 전혀 서두르지 않는 모습이었다.

"야. 왜 이렇게 늦게 와. 얼어 죽는 줄 알았잖아."

주먹을 들어 머리통이라도 한 대 갈기려다 멈칫했다. 민구 얼굴이 이상했다. 울었는지 눈두덩이 좀 부었다.

"무슨 일 있냐?"

"아무것도 아니다. 모자나 버리러 가자."

"아무것도 아니기는 뭔 일 있고만. 뭔데?"

매사에 무감각한 내가 한눈에 알아볼 정도면 분명 보통 일은 아니었다.

"뭔 일이냐고?"

"아, 진짜 뭐가 그렇게도 궁금해? 좋아, 말해 준다, 말해 줘. 오디션. 1차에서 떨어졌다."

"오디션? 그걸 또 봤어? 너 그거 포기한 거 아니었냐?"

진작 포기한 줄 알았다. 떨어질 때마다 이제는 진짜 그만둘 거라는 말을 입에 달고 살던 민구였다. 가을로 접어들면서 오디션에 대한 얘기는 전혀 하지 않았다. 그래서 완전히 포기한 줄 알았다.

"마지막으로 한 번만 더 해 보려고 했거든. 진짜 마지막으로. 그런데 1차에서 떨어졌어. 지원자 5백 명 중 백 명을 뽑았거든. 5대

1의 그다지 높지 않은 벽도 못 넘다니…… 내가 이 정도밖에 안 되는 아이였니?"

응, 너 그 정도밖에 안 돼. 재능이 없는 거 너도 알고 있잖아. 괜히 용써 봤자 마음만 다쳐. 이렇게 말할 뻔했다.

민구는 초등학교 3학년 때부터 아이돌을 꿈꿨다. 민구 아빠는 무슨 사업을 하는데 집안 형편은 그런대로 괜찮아 보였다. 민구 엄마는 하나밖에 없는 아들이 원하는 것을 들어주느라 유명 기획사와 줄이 닿아 있다는 소문이 들리는 학원은 모조리 쫓아다녔다. 하지만 어디를 가든 전문가라는 사람들은 민구에게 재능도 소질도 없으니 괜한 고생하지 말고 다른 길을 찾아보라고 했단다.

사람의 마음이 참 요상하다. 하지 말라고 하면 더 하고 싶고 말리면 말릴수록 불이 붙는다는 말이 있듯 민구는 그러면 그럴수록 아이돌에 목숨을 걸었다. 몸이 무거우면 폼 나는 춤사위가 나오지 않는다며 굶기를 밥 먹듯 하기도 했다. 민구가 키도 제대로 못 크고 빌빌거리는 것은 한참 자랄 나이에 먹지 않고 생으로 굶은 탓인 거 같기도 하다. 하지만 현실은 재능이 없는 자에게 혹독한 시련만 줄 뿐이었다.

민구 엄마가 먼저 지쳤다. 그리고 서서히 민구도 지쳐 갔다. 이루지 못하는 꿈에 대해 서글픔이 몰려올 때면 민구는 나를 끌고 아이파크 코인 노래방에 가서 목에 핏대를 세우고 노래를 부르며 그 서글픔을 털어 내곤 했다.

위로를 해 주기는 해야 하는데 적당한 말을 찾지 못하고 있을 때 버스 한 대가 막 정차하고 있었다.

"가자."

민구가 버스를 향해 뛰어갔다.

민구를 따라 뛰는데 할머니에게 전화가 왔다. 할아버지가 위독하다고 했다. 금방 돌아가실 거 같으니까 얼른 오라고 했다.

"민구야. 택시비 있냐?"

나는 버스에 올라서는 민구 뒷덜미를 잡아 끌어내린 다음 택시비를 빌려 병원으로 향했다.

"아버님도 참, 아버님이 무슨 양치기 소년인가."

엄마가 미간을 찌푸리며 중얼거렸다.

"양치기 소년? 이 양반은 소 돼지에 염소 닭까지 다 키워 봤지만 양을 친 적은 없다. 그리고 나이 팔십인 사람한테 소년이 뭐냐. 양치기 영감이면 또 몰라."

"어머니 그게 아니고요. 옛날에 어느 마을에 양치기 소년이 살았는데요, 온종일 양치는 일이 너무 따분한 거예요. 재미있는 일을 찾다가 마을 사람들을 놀려 주려고 생각했어요. 그래서 마을을 향해 늑대가 나타났다고 소리를 쳤어요. 마을 사람들은 괭이며 삽이며 늑대를 물리칠 농기구를 들고 쫓아왔고요. 양치기 소년은 그게 무척 재미있었어요. 그래서 그다음 날도 또 늑대가 나타났다고 외쳤고 그다음 날도 그랬어요. 세 번이나 그러고 나자 마을 사람들은 다시는 속지 않을 거라고 결심했지요. 그런데 며칠 뒤 진짜 늑대가 나타난 거예요. 양치기 소년은 마을을 향해 늑대가 나타났다고 소리쳤지만 아무도 달려오지 않았고 소년은 늑대 밥이 되고 말았다는 얘기예요."

할머니는 엄마 이야기를 이해하지 못해 눈을 끔벅거렸고 아빠는 아랫입술을 질끈 깨물고 엄마를 노려봤다.

할아버지는 너무나도 평온했다. 산소호흡기만 떼면 단잠을 자는 모습으로 착각할 수도 있을 것 같았다.

엄마는 할아버지가 양치기 소년 같다고 했지만 나는 할머니가 의심스러웠다. 잠도 제대로 못 자고 밥도 제대로 못 챙겨 먹고 혼자 할아버지 옆을 지키는 것이 억울해서 또는 온종일 제대로 된 말 한 마디 할 수 없는 것이 따분해서 온 가족을 불러들이는 것일 수도 있다는 말이다.

아무튼 할아버지가 진짜 위독해서든 할머니의 계획이든 다 좋은데 왜 꼭 모자를 버리러 갈 때인지 모르겠다.

그때 의사가 차트를 들고 왔다.

"응급실에 더 있기 곤란하면 중환자실은 됐고 일반 병실로 갑시다."

의사는 아무 말도 하지 않는데 할머니가 말했다.

"일반 병실은 꽉 차서 자리가 없다고 몇 번이나 말씀드렸잖아요. 그리고 할아버지 상태가 일반 병실로 가실 상태도 아니고."

의사는 할아버지를 살펴보더니 더는 아무 말 하지 않고 가 버렸다.

"자, 도용이가 여기를 지키고 있고 우리는 집에 가자. 나도 옷 좀 갈아입고 와야겠다."

할머니와 아빠 엄마는 나를 남겨두고 집으로 돌아갔다.

지구의 종말이 왔으면 좋겠다

응급실의 밤은 밤이 아니었다. 머리가 아플 정도로 강렬하게 내리쬐는 형광등 불빛 아래 30개는 족히 넘을 거 같은 침대 주인은 수시로 바뀌었고 신음 소리에 비명 소리, 그리고 잊을 만하면 들리는 구급차 소리와 간호사들이 부지런히 오가는 발소리로 시끄러웠다.

목 빠지게 기다려도 할머니는 돌아오지 않았다. 전화를 해도 받지 않았다.

"어? 디데이가 1위네?"

실시간 검색어 1위에 'D-day 25'가 보란 듯 올라가 있었다. '시험지 유출 사건'은 2위를 지키고 있었고 '동치동 설렁탕집'은 이미 실시간 검색어에서 사라지고 없었다. 3위는 유명한 배우의 폭행 사건이었다. 얼마 전 〈저승사자〉라는 드라마에서 주인공을 맡아 열연을 한 바로 그 배우였다. 드라마가 시청률 20퍼센트를 넘어가는 기염을 토하며 신인이었던 그 배우는 단번에 최고의 배우로 올라서게 되었다. 그런데 좋은 일이 있는가 싶으면 꼭 나쁜 일이 따라온다는데 유독 연예인들이 더 그런 거 같다. 예전에 어떤 배우도 눈물 나는 무명 시절을 딛고 일어나 연기대상을 받았는데 상을 받고 나서 며칠 뒤 음주운전으로 구속되었고 사람들의 관심에서 영영 사라졌다. 이 배우도 실시간 검색어에 며칠 드나들다 곧 사람들의 머릿속에서 사라져 가겠지.

나는 1위인 'D-day 25'를 클릭했다. 1위로 올랐다는 것은 뭔가 있으니까 올랐겠지. 혹시 지구를 향해 다가오고 있다는 행성의 존재가 뚜렷해졌을지도 모른다.

"이게 뭐야?"

과학자와 점술가, 처음으로 같은 말을 하다.

어느 대통령이 죽을 날짜를 정확히 맞혔고 어느 대통령이 중간에 대통령직에서 내려오는 것도 정확하게 맞혔다는 일명 대통령 전문 점술가 H씨가 25일 뒤 지구는 지구보다 두 배는 큰 무엇과 부딪혀 폭발해 사라진다고 말했단다. 네티즌들은 지구가 사라진다는 것보다 점술가가 예전에 무엇을 점쳤고 어떤 게 맞았고 어떤 게 틀렸는지에 대해 뜨겁게 논쟁했다.

나는 응급실을 돌아봤다. 평온했다. 응급실 안에 있는 의사를 포함해 간호사들과 환자들, 다들 지구가 사라진다는 말을 믿지 않고 있는 거다. 타코야키 포장마차 아줌마가 말했던 것처럼 해프닝으로 끝날 거라고 믿고 있는 거다. 그러니까 디데이가 실시간 검색어에 오르든 말든 개의치 않고 평범한 하루를 보내고 있는 거다. 만약 지구 최후의 날이 온다고 믿는다면 이 사람들은 어떻게 할까?

"불 좀 꺼."

그때 누군가가 말했다.

"불 좀 꺼. 눈부셔."

할아버지였다. 할아버지의 바짝 말라 껍질이 하얗게 일어난 입술이 들썩이고 있었다.

"할아버지 정신이 드세요?"

뜻밖이었다.

"불 좀 끄라고."

"병원이라 불 못 꺼요."

할아버지는 미간을 찌푸리며 고개를 가로저었다.

"도용아."

잠시 뒤 할아버지는 내 이름을 정확하게 불렀다.

"할머니는?"

"옷 갈아입으려고 집에 가셨어요. 곧 온다고 했어요. 전화해 볼까요?"

할머니에게 전화를 했다. 받지 않았다. 엄마와 아빠도 받지 않았다.

"학교는 다녀온 거냐?"

"그럼요."

할아버지가 힘겹게 손을 들어 내밀었다. 나는 할아버지 손을 잡았다. 울컥했다. 할아버지가 병원에 실려 오고 생과 사를 오가는 상황 속에서 나는 단 한 번도 진심으로 할아버지를 걱정하지 않았다. 그런데 할아버지는 정신이 들자마자 내 걱정부터 했다.

"할머니는?"

할아버지는 금세 또 할머니를 찾았다. 다시 할머니에게 전화를 했다.

"왜? 할아버지한테 무슨 일 있니?"

"할아버지가 정신을 차렸어요. 자꾸 할머니를 찾아요."

"얘가 무슨 헛소리야?"

할머니는 내 말을 믿지 않았다. 잠깐도 있기 싫어서 거짓말을 해대느냐고 사람을 억울하게 만들었다. 나는 정말이라고, 왜 사람 말을 믿지 못하느냐고 펄펄 뛰었다. 평소에는 성질도 잘 부리지 않고 느려 터진 놈이 악다구니를 쓰면서 팔팔 뛰니까 뭔가 심상치 않다는 생각이 들었는지 할머니는 서둘러 온다면서 전화를 끊었다.

할머니와 엄마 아빠가 왔을 때 할아버지는 언제 말을 했냐는 듯 눈을 감고 꼼짝도 하지 않았다.

"할아버지 눈 좀 떠 보세요. 할머니 오셨어요."

몸을 흔들어도 소용없었다.

"병원에 있기 싫으면 싫다고 사실대로 말하면 되는 거지 거짓말을 해? 늙은 할미가 따뜻한 방바닥에 등 좀 붙이고 누워 있는 꼴을 그렇게도 못 보겠든? 천하에 불효막심한 놈 같으니라고."

할머니는 나를 나쁜 놈으로 몰아갔고 아빠는 네가 그러면 그렇지 하는 한심한 눈빛으로 쳐다봤다. 엄마는 한숨을 푹푹 내쉬었다. 숨이 넘어갈 만큼 억울했지만 그 억울함을 풀 방법이 없었다. 할머니는 정 억울하면 증인을 대라고 했다. 정말 할아버지가 정신을 차렸다면 의사나 간호사도 알고 있을 거라면서 말이다. 할아버지가 정신을 차렸을 때 왜 간호사나 의사를 부르지 않았나 후회가 되었지만 이미 엎어진 물이었다. 게다가 의사도 내 말을 믿지 않았다. 지금 할아버지 상태에서 정신이 들어 또렷하게 말을 할 수 없는 거라고 속 뒤집어지는 말을 했다. 세상에는 의학적으로, 과학적으로 설명할 수 없는 일들도 있지 않느냐고 말하려다 그만두었다. 그 말을 한들 누구 하나 믿어 줄 분위기가 아니었다.

병원에서 나오는데 눈물이 흘렀다. 어렸을 때부터 도진이와 비교당하고 수많은 수모를 겪으며 나름 마음에 맷집이 생겼고 근육도 생겼다. 웬만한 일에는 감정의 기복도 없고 꿈쩍도 하지 않는다. 그래요, 나는 그런 놈입니다. 이런 생각으로 마음을 비우면 화가 날 일도 억울해서 땅을 칠 일도 금세 잊혀진다. 그렇게 해야 집안이 조용하고 더 이상 나를 다그치는 일도 없다. 그게 어쩌면 내가 살아가는 방식이었고 나는 그 방식에 꽤 만족하고 있다. 그런데 오늘 기분은 다른 날과는 좀 달랐다. 천하에 불효막심한 놈! 할머니가 나를 어떻게 생각하고 있는지 그 한 마디에 다 들어 있다. 나를 예뻐하지도, 아끼지도, 그렇다고 나에 대해 연민 같은 것도 없는 거 알고 있다. 하지만 그렇게까지 생각하는 줄 꿈에도 몰랐다.

아빠 말대로 공부 못하고 느려 터지고 꿈도 없는 한심한 밥버러지 같은 놈과 천하에 불효막심한 놈이 같은 말이라면 할 말은 없지만 말이다.

버스 맨 뒷자리 구석에 앉아 창밖으로 별을 바라보며 내 인생이 왜 이따위인지 생각하니 슬퍼졌다.

'확 지구의 종말이 왔으면 좋겠다.'

나는 두 주먹을 불끈 쥐었다. 이런 식으로 계속 살아 봤자 내 인생에서 달라질 것은 없을 거 같았다.

버스 정류장에서 내려 아파트로 향하는 오르막을 올라가는데 저만큼 희미한 가로등 불빛 아래 낯익은 뒷모습이 보였다. 어디서 봤더라, 무지하게 낯익은데. 천천히 그곳으로 다가갔다. 도진이었다. 도진이가 누군가와 이야기를 나누고 있었다. 하필이면 어두침침한 곳에서 무슨 얘기를 저렇게 은밀하게 나누는지 모르겠다. 나는 나무 뒤로 몸을 숨기고 귀를 기울였다. 목소리가 하도 작아서 무슨 말인지 제대로 들을 수가 없었지만 하린이가 어쩌고저쩌고,

하린이를 어쩌고저쩌고. 하린이 이름이 몇 번 나왔다.

도진이 머리에 가려져서 도진이와 이야기를 나누는 상대의 얼굴은 볼 수가 없었다. 얼굴은 고사하고 여자인지 남자인지 성별조차 아리송했다. 목소리가 이렇게 들으면 남자 목소리 같고 저렇게 들으면 여자 목소리 같았다.

갑자기 도진이가 획 돌아봤다. 어깨를 움츠리고 숨을 죽였다. 잠시 뒤 나무 옆으로 고개를 슬쩍 내밀었을 때 가로등 밑은 휑했다.

집에 왔을 때 도진이는 세수를 하고 신발장 거울을 보며 화장품을 바르고 있었다. 눈가, 입가, 이마에 화장품을 골고루 펴서 정성스럽게 바르는 모습을 지켜보면서 도진이가 왜 가로등 불빛 아래에서 누군가와 은밀하게 하린이 얘기를 했는지 궁금해서 견딜 수가 없었다. 그렇다고 대놓고 물어볼 수도 없고.

"왜?"

도진이가 거울 속 나를 보며 물었다.

"왜 계속 쳐다보고 난리냐고?"

뭐라고 대답해야 하나 머리를 굴리고 있는데 도진이가 다시 말했다.

"할아버지한테 안 가 본다고 그러냐?"

"그래."

나는 옳다구나 하고 도진이 말을 덥석 물었다.

"야, 병원에 쫓아다니는 거보다 공부 잘하는 게 더 효도야. 알아? 뭐 네가 알긴 뭘 알겠니.”

도진이가 코웃음을 쳤다.

“안다.”

“뭐?”

“안다고. 나는 할머니가 부르기만 하면 바로 달려가는 천하에 불효막심한 놈이니까.”

“뭐래? 미친놈…… 안다니 다행이네.”

도진이는 방으로 들어가 문을 닫았다.

나는 내 방으로 들어왔을 때 아직 가방에 고양이 모자가 들어 있다는 사실을 깨달았다. 아, 진짜 모자 버리기 더럽게도 힘들다.

디데이는 오지 않을 거다

“진짜 포기하려고, 진짜 포기할 거라고, 진짜로.”

포기라는 말을 도대체 얼마나 해야 진짜 포기를 할 거냐고, 이제 네 말이라면 팥으로 팥죽을 쑤고 콩으로 콩죽을 쑨다고 해도 안 믿을 거라고 말하고 싶은 걸 꾹 눌러 참았다. 나라도 참고 들어 줘야지. 누가 들어 줄까, 불쌍한 놈. 5백 명 중 백 명이나 뽑는데 그 안에도 들지 못하다니.

“그래, 너는 포기할 수 있어. 나는 너를 믿는다.”

위로 차원에서 한 마디 했다.

“뭐?”

민구가 얼굴을 찡그렸다.

“친구란 놈이 그렇게밖에 말 못하냐?”

포기하겠다는 놈한테 용기를 주었는데 왜 저러는 건지 도무지 감이 오지 않았다.

"아무튼 진짜 포기할 거야. 그래서 그런데…… 학교 마치고 아이파크 가자. 오늘이 마지막이야. 포기하려면 노래와 인연을 끊어야 하잖냐. 오늘 마지막으로 노래 부르고 이제 앞으로 절대 노래 같은 거는 부르지 않을 거다. 같이 가 줄 수 있지? 라면 한 그릇 쏜다."

노래하고 인연을 끊는다는 말에 콧날이 찡해졌다. 아이돌이 되든 되지 못하든 그걸 떠나 노래를 좋아하는 놈이 오죽하면 저런 말을 하겠나.

"라면은 필요 없다."

먹을 거를 얻어먹으려고 따라가는 게 아니라 친구로서 너를 위로하고 싶어 따라가는 거다, 이런 뜻으로 진지하게 말했다.

"그럼 타코야키?"

"됐다고."

"좋다. 라면에 타코야키."

아, 진짜. 폼 나는 짓 좀 하려는데 도와주질 않는다. 네 마음대로 해라, 네 마음대로 해. 나는 인상을 잔뜩 쓴 채 고개를 끄덕였다.

민구는 다른 날과는 좀 달랐다. 온몸을 불태워 먼지로 날려 보낼 작정을 했는지 좁은 노래방에서 뛰고 흔들고 난리도 그런 난리가 없었다. 모든 노래를 두루두루 잘 부르는 민구지만 주 종목은 발라드다. 민구 목소리가 발라드를 부를 때 가장 살아난다. 그런데 오늘은 댄스곡만 주구장창 불러 댔다.

민구는 춤을 추며 자꾸 나를 일으켜 세우려고 했다. 흔들어! 흔들어! 이러면서 말이다. 오늘은 웬만하면 민구가 하자는 대로 다 해 주고 싶었지만 그것만은 아니었다.

한참 동안 미친 듯 흔들어 대던 민구가 두 손으로 마이크를 꼭 잡았다. 여태까지와는 다른 잔잔한 음악이 흐르기 시작했다.

"난 난 꿈이 있었지. 버려지고 찢겨 남루하여도 내 가슴 깊숙이 보물과 같이 간직했던 꿈……."

생전 처음 들어 보는 노래였지만 어쩐지 경건한 마음이 드는 노래였다. 노래를 부르는 민구 얼굴은 진지했다.

"누군가 뜻 모를 비웃음을 등 뒤에 흘릴 때도 나는 참아야 했죠, 참을 수 있었죠, 그날을 위해."

노래 제목은 모르지만 민구 주제가 같았다.

민구 뺨으로 눈물이 주르르 흘렀다. 언젠가는 저 하늘을 높이 날 수 있다는 가사를 부르면서였다. 노래 가사에는 언젠가는 저 하늘을 날 수 있다고 했지만 현실은 다르다. 나도 눈가로 삐져나오는 눈물을 손가락으로 찍어 냈다. 얼마나 힘들까. 5백 명 중 백 등 안에도 못 드는 실력에 그래도 부둥켜안고 살아야 했던 꿈. 버려야지, 골백번 넘게 마음먹으면서도 버릴 수 없었던 꿈. 민구야, 울지 마라. 오디션 심사위원들만 노래를 들을 줄 아는 게 아니다. 노래 감상은 결코 객관적으로 평가할 수 없는 거다. 노래란 박자와 음정이 다가 아니다. 사람들이 노래를 찾아 들을 때는 노래 부르는 이가 박자와 음정을 제대로 지키고 있는지 그걸 확인하려고 하는 게 아니다. 위로가 필요할 때 노래를 찾아 듣는다. 그래서 사람마다 좋아하는 노래가 다 다른 거고 같은 노래를 들어도 느낌이 다 다른 거다. 누군가에게 너의 노래는 최고일 수 있다. 네가 모르고 있지만 말이다. 이러고 마음속으로 민구를 위로하는 바로 그 순간, 민구가 마이크를 집어 던지고 허공을 향해 목을 젖히더니 으헝으헝 소리 내어 울기 시작했다. 그러더니 내 품을 향해 돌진했다.

"도용아. 거위는 날지 못해. 저 하늘을 절대 날지 못한다고. 나는 거위야. 절대 날지 못하는 거위. 그런데 거위 주제에 하늘을 나는 꿈을 꾸고 있었어."

왜 갑자기 거위 얘기가 튀어나왔는지 모르겠다. 거위가 날지 못하는 거야 다 아는 사실이다. 그런데 하필 자신을 거위에 비교하는지 모르겠다. 진짜 불쌍하게.

"방금 부른 노래 제목이 〈거위의 꿈〉이다. 으헝으헝."

내가 눈을 멀뚱거리고 있자 민구가 말했다. 노래 제목 완전히 쩐다. 거위에게도 꿈이 있다니.

민구가 서럽게 울었다. 민구를 끌어안고 달랠 수도, 그렇다고 양팔을 벌리고 멍청하게 그냥 있기도 그렇고. 이럴 때는 저번처럼 휴대폰이라도 울려 주면 좋겠다고 생각하는 바로 그 순간이었다. 민구가 벌떡 일어나더니 번호를 꾹꾹 누르고 마이크를 찾아 들었다.

"호이~."

민구는 의자 위에 올라가서 양팔을 높이 쳐들고 휘저었다. 음악이 시작되자 의자에서 팔짝 내리뛰어 노래를 부르기 시작했다. 저놈이 감당할 수 없는 좌절 탓에 뇌에 이상이 오기라도 했나, 걱정이 되었다.

"도용아아아아~ 모자."

민구가 음악에 몸을 맡긴 채 손을 내밀었다.

"뭐?"

"모자. 모자 달라고. 고양이 모자."

뇌에 이상이 온 거 맞다. 나는 뭐에 홀린 듯 가방에서 고양이 모자를 꺼내 민구에게 건넸다. 민구가 고양이 모자를 썼다. 그러고는 야옹야옹! 고양이 소리를 내며 두 손을 앞으로 내밀고 고양이 흉내까지 냈다. 병원에 데리고 가야 하나 어쩌나 머릿속이 복잡해졌다.

"검은 고양이 야옹야옹. 모두 모여 야옹야옹……."

노래방 가득 랩이 울려 퍼졌다. 아하, 고양이 노래구나!

민구는 고양이 모자를 뒤집어쓴 뒤 정확하게 19곡을 부르고 나서야 노래 부르기를 멈췄다.

"좋은 생각이 났어."

의자에 앉아 잠시 숨을 고르던 민구가 말했다.

"저기에 버리고 가는 거야."

민구가 가리킨 바구니 안에는 색색의 가발들과 탬버린, 그리고 갖가지 의상들이 놓여 있었다.

"고양이 모자를 저기 두고 가면 원래 노래 부르면서 뒤집어쓰는 소품이라고 생각할 거야."

듣고 보니 민구 말이 그럴듯했다. 드디어! 드디어 모자를 버리게 되는구나!

고양이 모자를 바구니 안에 대충 쑤셔 넣고 노래방에서 나왔다.

"시원하다."

민구가 하늘을 향해 두 팔을 벌리며 말했다. 지나가던 사람들이 힐끗힐끗 바라봤다. 영하 10도에 시원하다고 말하는 저놈은 미친놈일 거다! 모두들 이런 눈빛이었다.

민구가 노래에 대한 미련을 깨끗하게 씻어 내서 시원했다면 나는 드디어 모자를 버려서 시원했다.

"학생."

민구와 어깨동무를 하고 막 사람들 사이로 들어서려는데 누군가가 불렀다.

"이거 학생들 거지? 노래 부르고 나가면서 이걸 두고 갔어. 그 방이 기계가 더 좋은지 점수가 무지하게 잘 나오는 방이거든. 그래서 학생들이 다 부르고 나오기를 기다렸거든. 아주 신나게 놀더니 이걸 두고 갔네. 호호호호호. 그래도 내가 바로 들어가서 발견한 게 다행이지. 나는 노래방에 있는 소품들도 다 꿰고 있거든."

화장을 진하게 한 아줌마가 고양이 모자를 흔들며 웃었다.

전혀 고맙지 않은데 고맙다고 인사를 하며 고양이 모자를 가방에 넣었다. 이렇게 고양이 모자는 도로 내게로 왔다.

아줌마는 모자나 장갑은 잃어버리기 쉽다면서 조심하라는 말까지 친절하게 해 주고 나서 노래방으로 올라갔다. 가뿐했던 가방이 도로 무거워졌다.

라면을 먹으러 갔다. 민구는 만두라면을 나는 소시지라면을 시켰다. 라면이 나올 때까지 민구는 아무 말도 하지 않았다. 시무룩한 표정이었다.

"그래도 너는 나보다 낫다."

무슨 말이라도 해야 할 거 같았다.

"너는 이루지 못해도 꿈이라는 것이 있었지. 나는 여태까지 살면서 그런 것 단 한 번도 없었다."

민구가 부러워서 한 말은 아니었다. 위로를 해 주어야 할 거 같아서 한 말이었다. 날지 못하면서 날고 싶어하는 거위는 별로다. 민구의 노래나 춤 실력은 대한민국의 끼 있는 중학생이면 대부분 가지고 있을 법한 실력이다. 그 실력으로 하늘을 훨훨 날아오르는 헛꿈을 꾸는 거위는 별로다. 차라리 내가 낫다. 마음속에 거위가 없으니 편하다. 좌절할 일도 없다. 다 그러려니 하는 너그러운 마음도 생긴다.

"앞으로는 마음속에 거위 같은 거 키우지 마라."

나는 애처로운 눈으로 민구를 바라봤다. 민구는 여전히 아무런 말도 하지 않았다. 민구 마음을 알 수 있을 거 같았다.

노래방은 판타지 세계였다. 민구는 노래방에서 노래를 부를 때만 해도 이제 꿈 같은 것은 훨훨 털어 낼 수 있을 거라고 생각했을 거다. 자신이 있었을 거다. 하지만 노래방을 벗어나는 순간 민구는 다시 현실 세계로 들어온 거다. 자신과 끝없이 싸워야 하는 현실 세계. 포기한다고 결심은 하지만 그게 쉬울 거 같지 않아 두려워지는 현실 세계.

"노래를 부르지 않으면 사는 게 재미없을 거 같아."

민구가 혼잣말처럼 중얼거렸다. 나는 민구에게 해 줄 말이 없었다.

나는 민구의 중얼거림을 못 들은 척 휴대폰을 꺼내 뒤적였다.

실시간 검색어 1위는 'K동물보호단체 대표'였다. 며칠 전에 2위였을 때 무슨 내용인지 읽어 보지 못했는데 며칠 실시간 검색어를 지키고 있는 걸 보면 요즘 가장 핫한 뉴스인 모양이다. 나는 'K동물보호단체 대표'를 클릭했다.

"와! 완전 골 때려."

기사 내용을 읽어 내려가는데 황당했다.

"뭐가?"

민구가 물었다.

"K동물보호단체 대표라는 사람, 완전 개념 없어. 양심도 없고."

우리나라 동물보호단체 중 하나인 K동물보호단체 대표가 자신의 단체에서 구조한 개들을 비밀리에 안락사를 시켰다는 거다. 남들이 구조하기 힘들다고 구조를 망설이는 개농장, 투견장 개들을 구조하면서 언론의 조명은 물론 수많은 사람들에게 후원금을 받았는데 그렇게 구조한 개들을 외국으로 입양 보냈다는 거짓말을 하고 안락사를 시켰다는 거다. 건강한 개는 물론이고 안락사를 시킨 개들 중에는 임신한 개도 있었다고 한다.

후원금 횡령도 문제지만 네티즌들은 누가 당신에게 안락사시킬 권한을 주었냐며 분노했다. 사지에서 겨우 벗어났으니 이제는 행복한 꽃길만 걸으라고 기원해 주었던 그 귀한 생명들을 무슨 권한으로 빼앗았느냐고 용서하지 못한다고 했다.

그 대표는 활활 타는 불에 기름을 끼얹었다. 기자회견을 열어 이렇게 말했다.

개농장이나 투견장에 있으면 힘든 삶을 살다 고통 속에서 죽었을 겁니다. 그곳에서 구해 와 안락사를 시킨 겁니다. 어차피 죽을 거 편하게 죽게 했지요. 그게 왜 죄가 되나요?

ㄴ 그러면 당신도 죽어라. 어차피 죽을 거 미리 죽는 것도 괜찮지 않나?
ㄴ 내가 당신을 안락사시켜 줄게, ok?

분노의 칼날은 서늘했다.

"참 나 원. 어차피라니! 너, 내가 토토 키웠던 거 알지?"

나는 민구를 바라봤다.

"그럼 알지. 네가 애지중지 동생처럼 키웠지. 재작년인가 심장병으로 죽었잖아. 도용이 너랑 동갑이었지?"

토토는 나와 나이가 같았다. 나와 도진이가 태어나고 몇 달 지나지 않아 우리 집에 왔다. 할아버지 친구가 할아버지에게 돈을 빌려 갔는데 그 돈을 갚는 대신 토토를 억지로 주고 간 거다. 할머니는 돈을 안 갚아도 되니까 제발 강아지 좀 도로 데려가라고 말했지만 할아버지 친구는 듣지 않았다. 유유상종이라고 똑같은 인간들이 친구라는 이름으로 어울려 다닌다며 할머니는 분노했다. 하지만 토토를 버리지는 않았다. 할머니는 할아버지가 마음에 들지 않는 일을 하거나 토토가 말썽을 부리면 그 이야기를 두고두고 곰국처럼 우려먹었다. 할머니에게는 아까워서 발발 떨며 주지 않는 돈을 덥석 빌려주고 못 받은 것도 모자라서 강아지까지 키우는 고생을 안겨 주었다고 말이다.

할머니는 토토라면 똥 싼다고 머리를 흔들며 싫어했다. 세상에 똥을 안 싸는 동물은 없다. 그걸 이유로 미워하는 할머니는 정당치 않았고 남들 다 싸는 똥 때문에 차별과 미움을 받아야 하는 토토가 불쌍했다.

민구 말대로 나는 토토를 동생처럼 애지중지 돌봤다. 토토도 우리 집에서 나를 가장 잘 따랐다. 토토가 열네 살이 되고 심장병을 앓았다. 그리고 심장병 합병증으로 폐수종이 왔다. 토토는 숨을 제대로 쉬지 못하고 헉헉거렸다. 그럴 때면 병원으로 달려가 산소 케이지에 넣어야 했다. 그러자 똥 이야기는 간곳없이 사라지고 할머니는 병원비 때문에 토토를 미워했다.

토토 증상이 점점 더 심해지자 병원에서는 회생 가능성이 없다고 안락사를 생각해 보라고 했다. 아빠는 안락사를 시키자고 했다. 어차피 죽을 거, 토토도 편하고 집안 식구들도 잠을 편히 잘 수 있어 좋다면서 말이다. 병원비 이야기는 꺼내지 않았지만 '병원비도 안 들고'라는 말이 들어 있다는 것 정도는 나도 알았다. 하지만 그 말에 동의할 수 없었다.

나는 토토를 안락사시킬 거면 나도 같이 안락사를 시키라고 맞섰다. 내가 여태 살면서 처음이자 마지막으로 내 목소리를 냈던 사건이었다.

밤새 차가운 바람이 윙윙 불고 마른 나뭇잎이 날리던 밤, 토토는 내 품에서 죽었다. 폐수종 때문에 숨을 못 쉬고 극심한 고통 속에 죽을 거라는 걱정과는 달리 내 팔에 머리를 올리고 아주 편안한 얼굴로 그렇게 갔다. 아마 안락사로 토토를 보냈더라면 나는 죽을 때까지 후회했을 거고 토토는 지워지지 않는 상처로 남았을 거다. 나는 토토에게 미안해서 영영 토토라는 이름을 불러 볼 수도 없었을 거다.

"어차피 죽는다는 아빠 말에 강하게 반발했던 거는 내가 지금까지 살면서 가장 잘한 일 중에 하나였어. 내가 '어차피'에 동의했다면 큰일 날 뻔했지. 토토와 나에게 주어졌던 얼마 안 남은 시간과 토토와의 마지막 날이 15년 넘게 살았던 그 많았던 날들보다 더 특별했어. 지금도 토토를 생각하면 다른 때보다 그때가 떠올라."

민구는 내 말을 들으며 가만히 고개를 끄덕였다.

동물을 가족처럼 여기고 사랑한다는 동물보호단체 대표가 그런 말도 안 되는 일을 한 것은 나도 용서가 되지 않았다.

ㄴ **아저씨가 잘못했네.**

나도 댓글 하나를 달았다.

2위는 '우리나라 아파트값'이었고 3위는 '시험지 유출 사건'이었다. 'D-day 22'는 10위로 밀려나 있었다. 사람들은 지구의 종말이니 어쩌니 하는 말에 흔들리지 않고 모두 자기 자리에서 자기에게 주어진 시간을 살아내고 있다는 증거였다. 디데이는 오지 않는 게 맞는 듯했다.

도진이와 하린이

기말고사 결과가 나왔다. 여전히 도진이가 1등을 굳건히 지켰다.

"이 삭막한 세상, 모래바람 같은 거친 풍파 속에서도 내가 너 때문에 산다, 너 때문에 살아. 아휴. 내가 요즘 너한테 신경을 제대로 못 쓰고 있어서 미안하다. 아참, 학원 시험은 어떻게 되었니? 잘 봤지? 이번에도 장학금을 받으려나."

오랜만에 아빠 얼굴에 웃음꽃이 활짝 폈다.

"당연히 장학금 받을 수 있어."

도진이가 큰소리쳤다.

"그래, 고맙다. 경기가 안 좋아서 일거리도 줄고 할아버지 병원비까지 들어가는데 네가 효녀다."

아빠는 도진이 앞에서 두 손을 모아 쥐고 허허허 웃었다. 내 앞에서는 성난 상어처럼 날카로운 이를 드러내는 아빠가 도진이 앞에서는 항상 순한 양이었다.

"오늘은 학원 시험 끝나고 하루 휴강이라고 했지? 오랜만에 쉬는 토요일인데 맛난 거 사 먹어라."

아빠가 주섬주섬 지갑을 집어 들더니 5만 원짜리 한 장을 꺼내 도진이 손에 쥐여 주었다. 괜찮아, 일거리도 줄고 할아버지 병원비도 들어간다면서, 집에서 밥 먹으면 돼. 이렇게 말하는 거는 바라지도 않았다. 할머니가 병원에 계시잖아, 할머니 드실 거 사다 드려. 이런 따뜻한 말도 애초에 기대하지 않았다. 하지만 아빠, 5만 원은 너무 많아. 만 원만 줘. 만 원으로도 충분해. 적어도 이렇게는 말할 줄 알았다. 그런데 도진이는 너무나도 당연하다는 듯 5만 원을 받아 지갑에 넣었다. 이건 뭐 물건 대주고 수금해 가는 수금사원 같았다. 그런데 그것도 모자라 도진이는 한술 더 떴다.

"아빠. 이번에 학원 장학금 받는 거 확실하니까 학원비 안 내는 대신 나 20만 원만 줘."

20만 원이라는 말에 잠시 움찔하던 아빠는 이내 흔쾌히 대답했다.

"그러자. 네가 뭐 허튼 곳에 돈 쓰려고 그러겠니? 보나 마나 공부에 필요한 책 사려고 그러는 거겠지. 언제 줘? 지금 찾아다 줄까? 아니면 저녁에 줄까?"

"저녁에 줘도 돼."

도진이는 인심 쓰듯 말했다.

"너는 오늘 병원에 가라. 할머니 옷도 갈아입으셔야 하고 잠깐 들어오셔서 쉬셔야 하니까, 알았어?"

아빠가 나에게 명령조로 말했다.

아빠가 나가고 엄마도 출근했다. 도진이는 자기 방에 들어가 조용했다. 쉬는 날이라고 해서 절대 쉴 아이가 아니다. 보나 마나 공부하고 있을 거다.

천하에 불효막심한 놈이라는 말을 들었을 때 다시는 병원 근처에 가지도 않을 거라고 다짐했다. 버스를 타고 눈물을 훔쳐 가며 집으로 돌아올 때 얼마나 자괴감을 느꼈던가. 그런데 며칠 지나자 그 서운함과 그 서글픔은 어느 정도 옅어져 있었다. 다 떠나서 나에게는 늘 호의적이며 아껴 주었던 할아버지를 생각하면 병원에 가야 하는 게 맞았다.

주머니를 뒤져 보니 버스비 정도밖에 없었다. 5만 원이나 생겼으니 택시비 좀 달라고 할까, 도진이 방을 노크하려다 썩 내키지 않아서 그만두었다.

집에서 나와 버스 정류장에 도착하고 나서야 휴대폰을 충전시키느라 그냥 두고 온 것이 생각났다.

돌아가서 휴대폰을 들고 나올 때였다.

"그게 무슨 말이야?"

도진이 방에서 도진이 목소리가 들렸다. 통화를 하는 모양이라 여기고 운동화를 구겨 신는데 하린이라는 말이 또렷하게 들렸다. 나는 운동화를 도로 벗어 놓고 발소리를 죽이며 도진이 방으로 다가갔다.

"제대로 좀 안 할래, 진짜? 네가 하린이 정도는 책임질 수 있다고 자신 있다고 했잖아. 아, 씨발, 짜증 나. 1시간 뒤에 거기로 나와."

전화를 끊었는지 조용해졌다. 재빨리 집에서 나왔다. 하린이 정도는 책임질 수 있다고? 뭘 책임져? 도진이와 하린이가 무슨 상관이 있는 거지? 엊그제 밤 일이 떠올랐다. 그때도 도진이는 누군가와 하린이 이야기를 하고 있었다.

도진이와 하린이는 같은 반이긴 하나 말을 주고받는 사이가 아니다. 둘이 이야기를 나누는 것을 단 한 번도 본 적이 없다. 심지어 복도에서 만나도 아는 척을 하지 않는 사이다.

도진이의 목소리로 보아 좋은 일이 아닌 것은 틀림없다. 하지만 미워하든 싫어하든 뭔가 마찰이 있어야 가능한 일이다. 아무리 생각해도 둘은 전혀 그런 게 없었다.

"가만?"

버스에 막 올라타는 순간 고양이 모자와 도진이 얼굴이 동시에 떠올랐다. 그건 정말 갑작스러운 일이었고 왜 둘이 같이 떠올랐는지 알 수 없는 일이었다. 생각은 자연스럽게 꼬리를 이어 갔다. 아까 도진이와 통화를 하던 누군가가 혹시 고양이 모자의 주인? 고양이 모자 주인이 도진이의 사주를 받고 하린이에게 접근한 건가. 아아, 내가 지금 무슨 상상을 하는 거야? 나는 서둘러 말도 안 되는 상상을 털어 냈다. 도진이가 그런 짓을 할 이유도 없지만 그것 역시 서로 감정의 마찰이 있어야 가능한 일이다.

한 정거장을 지난 뒤 버스에서 내렸다. 하린이 이름이 나와서 그런지 도무지 궁금해서 견딜 수가 없었다. 길을 건너 버스를 타고 도로 집으로 돌아왔다.

아파트 입구에서 도진이가 나오기를 기다렸다. 눈이라도 내리려는지 하늘은 짙게 내려앉았고 코를 스치는 바람은 눅눅했다. 얼마나 지났을까. 검은 벤치코트에 검은 마스크를 한 도진이가 나왔다.

도진이는 빠른 걸음으로 공원 쪽으로 걸어갔다. 나는 어느 정도 거리를 두고 도진이 뒤를 따라갔다.

썰렁한 한겨울의 공원은 텅 비어 있었다. 도진이는 벤치 옆에 서서 휴대폰을 한 번씩 확인했다. 나는 나무 뒤에 숨어 몸을 옮겨 가며 벤치 가까이로 다가갔다. 마스크는 썼지만 도진이가 얼마나 초조해하는지 느낄 수 있었다. 쌍둥이는 어느 순간 놀라울 정도로 상대의 마음을 읽을 수 있다. 비록 얼굴 전체의 표정을 보지 않아도 말이다.

잠시 뒤 화장실 뒤에서 남자아이가 나타났다. 야구 모자를 거의 코까지 내려써서 얼굴은 자세히 볼 수 없었지만 적어도 178cm 이상 되어 보이는 키에 날렵한 몸매였다. 중학생 또는 고등학생으로 보였다.

도진이는 아무 말 없이 주머니에서 뭔가를 꺼내 남자아이에게 건넸다. 남자아이의 손과 도진이의 손이 스칠 때 손가락 사이의 공간으로 얼핏 누런색이 보였다. 나는 그것이 5만 원짜리 지폐라는 것을 단박에 알 수 있었다.

도진이는 남자아이에게 몇 마디 했고 남자아이는 입술을 꾹 다문 채 도진이 말을 들었다. 그러고는 화장실 뒤로 사라졌다.

도진이가 돌아가고 나서도 나는 한참 동안 공원에 서 있었다. 회색빛 하늘에서는 눈이 내리기 시작했고 눈송이는 점점 커졌다.

도진이는 남자아이에게 돈을 주고 뭔가를 부탁했다. 그 부탁이라는 것은 하린이와 관련이 있는 거다. 도진이와 하린이 사이에 내가 모르는 뭔가가 있다. 그게 뭘까. 생각이 성적에 멈췄다. 도진이 성격에 엇비슷한 성적의 라이벌이 생긴다면 참지 못할 거다. 모든 방법을 동원해서 그 아이의 성적을 망치게 한다거나 괴롭힐 거다. 하지만 하린이는 공부를 잘하는 편이긴 해도 감히 도진이에게 도전장을 내밀 정도는 아니다.

생각은 성적을 건너 여자아이들의 평소 학교생활에 멈췄다. 하린이는 여자아이들에게 따돌림을 당하고 있다. 하지만 도진이는 원래부터 그런 거에는 관심이 없는 아이다. 누가 왕따를 당하든, 왕따를 시키든 신경 쓰지 않는다. 도진이의 관심은 오로지 공부고 오로지 성적이다.

그것도 아니면…… 생각은 다시 아이들의 학교생활을 건너 외모로 갔다. 생전 거울이라고는 쳐다보지도 않던 도진이가 요즘 부쩍 거울을 자주 본다. 예전에는 세수를 하고 로션을 바를 때도 거울은 안 보고 손바닥에 로션을 덜어 대충 얼굴에 문질렀다. 그런데 요즘 들어 로션이든 스킨이든 거울을 보고 눈가며 입가에 세심하게 바른다. 여자아이들은 얼굴 때문에 질투와 시샘을 많이 한다는데 도진이가 그 이유로 하린이를 미워하는 걸까. 솔직히 도진이는 예쁜 편은 아니다. 에이, 설마 그럴 리가. 공부하는 시간도 아까워하는 도진이가 그것 때문에 시간을 허비할 가능성은 제로에 가깝다. 쌍둥이로서의 촉이다.

추측은 꼬리에 꼬리를 물고 이어졌지만 '이거다'라고 무릎을 치게 하는 생각은 떠오르지 않았다. 그때 불현듯 생각 하나가 머릿속을 스치고 지나갔다.

"일단 그렇게 해 보자."

나는 주먹만 한 눈을 맞으며 집으로 돌아왔다.

도진이 방문을 살짝 열어 봤다. 도진이는 책상에 앉아 공부를 하고 있었다.

나는 가방에서 고양이 모자를 꺼내 들고 뒤꿈치를 든 채 도진이 방으로 들어갔다. 도진이는 내가 들어온 줄도 모르고 있었다. 헛기침을 해도 몰랐다. 공부가 얼마나 재미있기에 저 정도로 집중할 수 있는지 신기했다.

나는 도진이 뒤에 서서 심호흡을 하며 마음을 가다듬었다. 그리고 오른손에 든 고양이 모자를 도진이 얼굴 앞으로 불쑥 내밀었다.

"으악."

도진이가 기절할 듯 놀라며 의자를 밀치고 일어났다.

"뭐, 뭐, 뭐야."

도진이는 숨도 제대로 쉬지 못한 채 두 팔을 허공에 대고 흔들었다. 많이 놀란 모양이었다. 도진이는 잠시 말을 잇지 못하고 나와 고양이 모자를 번갈아 봤다. 나는 도진이 표정을 유심히 살폈다. 공원에서 봤던 남자아이와 도진이는 꽤 잘 알고 지내는 사이 같았다. 만약 그 남자아이가 이 모자의 주인이라면 도진이도 이 모자를 봤을 가능성이 있다. 물론 저번에 내가 쓰고 있을 때 뭐 그런 거를 쓰고 있느냐고 타박했지만 그때는 무심코 봤을 수도 있다.

"너 뭐 하냐, 지금?"

한참 뒤 정신을 차린 도진이가 소리쳤다.

"이 모자, 혹시 본 적 있냐?"

도진이는 인상을 쓴 채 모자를 바라봤다.

"그래, 본 적 있다."

설마 했는데 설마가 사람 잡는다더니 그 말이 딱 맞구나, 하도진, 저밖에 모르는 싸가지 없는 아이인 줄은 16년을 같은 지붕 아래 살면서 날마다 체험하고 있지만 그래도 이런 아이인 줄은 꿈에도 몰랐다.

"이 모자 주인과 너, 어떤 사이냐?"

모자 주인에게 돈을 주고 하린이에게 무슨 짓을 하라고 시켰지? 이러고 나오려는 말을 꾹 눌러 참으며 물었다.

"안 만나면 더 좋을 사이였지."

도진이가 무덤덤하게 말했다.

그래, 그런 사이는 애초에 만들지 않는 게 현명하지.

"안 봤으면 딱 좋겠는데 남매로 태어나 주구장창 같은 반에 따라다니면서 사람 신경 쓰이게 하는 평생 웬수 같은 사이라고나 할까."

"뭐?"

"며칠 전에 네가 쓰고 있었잖아. 그리고 지금도 네가 가지고 있잖아. 그럼 네가 주인 아니야? 공부 방해하는 방법도 여러 가지다. 아, 짜증 나."

도진이가 책상에 펼쳐진 책을 집어 들었다. 여차하면 내 얼굴로 날릴 기세였다. 나는 재빨리 도진이 방에서 나왔다.

공부 좀 하는 것들이 사는 방법

방학식을 했다. 방학식을 하고 돌아오는 발걸음은 한결 가벼웠다. 어쨌거나 학교에 가지 않으니 고양이 모자를 가지고 있어도 덜 위험하다. 언제 날 잡아서 민구와 같이 버리러 가면 된다. 그나저나 모자 하나 버리기 엄청나게 힘들다. 시시티브이의 존재가 얼마나 무서운지 고양이 모자가 내게로 오기 전에는 몰랐다. 어쩌다가 고양이 모자는 내게로 왔을까. 아무튼 고양이 모자 주인과 도진이는 관계가 없는 게 틀림없다.

'그런데 도진이와 하린이 사이에 무슨 일이 있는 거지?'

모자 주인과는 상관없이 그 의문은 점점 더 커졌다. 어느 지점에서 도진이와 하린이가 만나는 걸까. 선과 선은 꼭짓점에서 만나 형태가 이루어진다. 꼭짓점이 있어야 뭐든 만들어지고 이루어지는 거다. 아무리 생각해도 도진이와 하린이 사이에는 그게 없다.

민구는 학원에 간다고 했다. 하늘이 두 쪽 나도 거위는 날 수 없다는 것을 깨달았고 그래서 학원이나 착실히 다녀야겠다고 말했다. 학원을 가지 않으면 마음속의 거위가 꽥꽥거리며 자꾸 유혹할 거 같다고 말이다. 뭐라도 하지 않으면 그 유혹을 이겨 내기 힘들단다.

"잘 생각했다. 거위가 날지 못하는 걸 확실히 깨달았으니."

나는 진심으로 민구를 응원했다. 민구는 내 말에 아무 대꾸도 하지 않았다.

"잘 가라. 이따 문자 보낼게."

"……."

민구는 말이 없었다. 그러고는 아파트 앞에서 헤어질 때 이상한 소리를 지껄여 댔다.

"유전자는 변이해. 거위도 날개가 있는 거로 보아 예전에는 날았어. 그런데 더 이상 날지 않아도 되는 계기로 인해 퇴화된 거지. 하지만 꼭 날아야 할 계기가 생기면 날 수도 있어. 변이하는 게 유전자니까."

유전자는 변이하는 거라고? 그래서 뭐? 설마 어느 날 갑자기 신들린 듯 노래를 잘 불러 오디션에서 대상을 받고 몇억의 상금을 받는 그런 장면을 꿈꾸는 건가? 글쎄다. 아무리 유전자는 변이한다고 하더라도 그게 그렇게 쉽게 찾아오지는 않을걸. 그런데 아, 진짜 뭐야. 거위가 유혹할까 봐 학원에 간다더니 왜 이랬다 저랬다 하는지 모르겠다. 위로하기 힘들게.

집에 와서 늘어지게 자고 있는데 할머니에게 전화가 왔다.

"너, 오늘 방학했지? 오늘부터 나랑 교대하자. 지금 당장 좀 와라."

교대라는 말에 잠이 확 달아났다. 언제는 천하에 불효막심한 놈이라더니 아쉬우면 언제든 이런 식이다. 나는 곧 가겠다고 대답하고 자리를 털고 일어나 세수를 하고 일단 밥을 먹었다. 사람이 어디서고 배가 불러야 배짱도 생기고 느긋해진다. 휴대폰 배터리도 빵빵하게 채운 다음 집을 나섰다.

버스 정류장을 향해 터벅터벅 걷는데 앞에 뒷모습이 낯익은 아이가 걸어가고 있었다. 하린이었다.

나는 나도 모르게 하린이를 따라 버스를 탔다. 점퍼 모자를 쓰고 주머니에서 마스크까지 꺼내 썼다.

하린이는 지하철로 환승했다. 노선이 낯설지 않았다. 생전 지하철 탈 일은 없는데 이 노선이 왜 이렇게 낯익은 걸까. 노선도를 찾아 훑어보는데 방송이 나왔다.

이번 역은 소라, 소라역입니다. 내리실 문은 오른쪽입니다.

아. 소라동이구나. 나에게 미운털을 박히게 만들고 할아버지에게 미운털 하나를 추가하게 만들었던 소라동.

하린이는 소라역에서 내렸다. 무슨 급한 일이라도 있는지 걸음이 무지하게 빨랐다. 부지런히 하린이를 따라갔다.

1번 출구로 나왔을 때 내 눈앞에는 전혀 상상조차 하지 못했던 새로운 세상이 펼쳐졌다. 넓고 넓은 허허벌판에 드문드문 아파트만 들어섰던 몇 년 전의 소라동은 이미 존재하지 않았다. 이곳이 그곳이었나, 내 눈을 의심했다.

지하철역 부근에는 높은 건물들이 즐비하게 들어섰고 휘황찬란한 가게들이 그 건물들을 빛내고 있었다.

하린이 뒤를 따라 건물들 사이를 걸었다. 잠시 뒤 눈앞에는 다른 세계가 펼쳐졌다. 건물들 벽마다 학원 간판들이 걸려 있었다. 여기가 말로만 듣던 제2의 대치동이구나. 건물 앞마다 자동차가 서고 그 자동차에서는 아이들이 내려 건물 안으로 사라졌다.

하린이도 어느 건물 안으로 들어갔다.

하린이가 들어간 갈색 건물에는 '쎈학원'이라는 간판이 붙어 있었다. 잠시 머릿속이 혼란스러워졌다. 하린이도 이 동네 학원에 다녔구나. 하긴 뭐 놀랄 일은 아니지. 도진이가 다니는데 하린이가 다니지 말라는 법이 어디 있나.

나는 멀찌감치 서서 하린이가 들어간 학원 건물을 한참 동안 바라봤다. 공부 좀 하는 것들은 다들 이렇게 살고 있구나. 하린이도 도진이와 같겠지. 비바람이 부나 눈보라가 치나 춥거나 덥거나 왕복 두 시간 넘는 거리를 하루도 결석하지 않고 그렇게 사는 아이겠지. 열이 펄펄 끓어도 해열제 하나 삼키고 아랫입술 질끈 깨물며 학원에 가는 독종.

'그런 하린이가 왜?'

공부와 성적에 목숨 거는 하린이가 왜 나한테 그런 말을 했는지 더 궁금해졌다. 진짜 무슨 꿍꿍이가 있는 걸까?

그날 아이스크림 가게에서 있었던 일이 떠올랐다. 이해할 수 없는 고백을 하고 있는 하린이 맞은편에는 거만하게 다리를 꼬고 앉아 턱은 있는 대로 치켜든 채 엉뚱한 말을 하고 있는 내가 있었다. 아, 쪽팔려.

이제 하린이와 도진이의 선과 선이 만나는 꼭짓점 하나를 찾았다. 소라동 학원.

고개를 숙인 채 지하철 계단을 내려가는데 누군가 내 앞에 멈췄다.

파란 판다곰 마크가 달린 검은 운동화. 어디서 많이 보던 운동화다. 종아리까지 내려온 벤치코트, 나는 고개를 번쩍 들었다. 도진이었다.

"네가 여기에 웬일이냐? 세상에 별일도 다 있네. 이 동네에서 너를 만나다니."

그렇게 말하는 도진이의 입술은 갈라져 있었고 피가 맺혀 있었다. 도진이는 그곳에 침을 발랐다.

"왜, 나는 이 동네 오면 안 되냐?"

"안 될 거야 없지. 그래, 와 보니까 어떠니? 네가 얼마나 멍청한 짓을 했는지 통렬하게 반성되지?"

도진이가 한쪽 입꼬리를 올리며 비웃었다. 그 바람에 입술이 당겨 올라가며 피가 맺힌 곳이 터져 다시 피가 흘렀다.

도진이는 한걸음 옆으로 비켜서서 계단을 올라갔다. 따박따박 걸어가는 도진이 뒷모습을 바라보다 도진이를 불러 세웠다.

"야."

"너 다니는 학원 이름이 뭐냐?"

"그게 왜 갑자기 궁금해? 알아서 뭐 하려고?"

도진이는 쌀쌀맞게 말했다.

"알려 주기 싫음 관두든가."

이럴 때는 순순히 물러나는 척하는 게 제일이다. 도진이는 청개구리 심보를 갖고 있다. 알려 달라고, 말해 달라고 매달리면 죽어도 안 알려 줄 거다. 상대편이 시큰둥하면 제가 도리어 알려 주지 못해 안달이다. 도진이는 어렸을 때부터 그랬다.

"쎈학원이다."

그럴 줄 알았다.

도진이는 공연히 눈을 하얗게 흘기더니 쌩하니 돌아섰다.

"야."

"아, 진짜. 왜 자꾸 부르고 지랄이야. 바빠 죽겠는데."

도진이가 오만상을 찡그리고 돌아봤다.

"그거."

나는 턱으로 도진이 얼굴을 가리켰다.

“뭐?”

“그거. 입술에 피 말이다. 닦아라. 누가 보면 피 훔쳐 먹다 온 드라큘라인 줄 알겠다. 웬만하면 입술 터지지 않게 잠 좀 자라. 맨날 밤새하니까 그 모양 그 꼴이지. 아니면 립밤을 바르던가. 립밤 그깟 거 얼마 안 한다. 지갑에 돈 쌓아 놓고 어디다 쓰려고 그러냐. 에이그 못생긴 게 입술까지 터져 가지고 더 못생겨 보이네. 내가 하나 사 줘?”

도진이 입술이 터지거나 말거나 피가 철철 나거나 피가 맺혀 있거나 내가 상관할 바는 아니다. 과한 오지랖이다. 그건 알겠는데 소라동까지 오고 보니 어쩐지 도진이에게 죄의식이 느껴지는 거다. 이렇게 먼 곳까지 하루도 빠지지 않고 다니는 게 따지고 보면 내 탓이다. 그놈의 짱인지 뭔지 하지 않았더라면 이 동네에 살았을 테고 그럼 도진이는 얼마나 편했을까. 짱감도 안 되는 놈이 “네 주먹이 최고다. 너를 이길 자는 없다.”고 부추기니까 그게 진짜인 줄 알고 날뛰었다. 그 대가가 너무 혹독하다.

“뭐래? 내 립밤을 왜 네가 사 줘? 됐어. 한 번 만 더 부르면 죽을 줄 알아.”

“잠깐.”

나는 도진이가 몸을 돌리기 전에 재빨리 말했다.

“하린이도 쎈학원에 다니던데.”

나는 슬그머니 도진이 눈치를 봤다.

"그래서? 뭐 어쩌라고?"

도진이 표정은 조금도 변화가 없었다. 네가 그걸 어떻게 아느냐고 묻지도 않았다. 하린이를 따라서 이 동네까지 왔다 가는 거냐고 궁금해하지도 않았다.

도진이가 돌아서는 바로 그 순간 도진이 벤치코트 주머니에서 뭔가가 툭 떨어졌다. 도진이가 보이지 않을 때 나는 도진이가 흘리고 간 것을 주워 들었다. 몇 번을 접은 종이였다.

올해 캘린더와 내년 캘린더, 그리고 후년 캘린더, 내후년 캘린더까지 글씨가 깨알 같은 작은 캘린더를 오려 붙인 종이였다. 도진이는 날짜에 하나씩 가위표를 그어 놓았고 어제까지 가위표가 그어져 있었다. 내후년 캘린더 11월 둘째 주에는 커다랗게 동그라미를 그려 놓았다.

"이게 뭐야?"

스마트폰 기능은 두었다가 어디다 쓰려고 이런 세련되지 못한 짓을 하는지 모르겠다. 아이고, 오려 붙여 가면서 만드느라고 힘은 들었겠다. 종이를 도로 접는 순간 문득 생각이 떠올랐다. 나는 다시 종이를 폈다. 내후년 11월. 나와 도진이가 고3이 되는 해 11월이다.

"뭐야, 벌써부터 수능시험을 체크하면서 공부하는 거야? 수능시험 디데이표?"

참 힘들게도 산다. 어이가 없으면서도 한편으로는 도진이가 딱하게 여겨졌다. 나는 한참 동안 도진이가 걸어 올라간 계단을 바라보다 돌아섰다.

도진이와 하린이를 연결하는 꼭짓점 하나는 찾았다. 하지만 꼭짓점 하나로 완벽한 형태는 만들어지지 않는다. 다른 꼭짓점은 뭘까.

하린이도 쎈학원에 다닌다고 말했을 때 도진이 표정은 변하지 않았다. 그렇다면 학원에서의 문제도 아니라는 말인가? 학교도 아니고 학원도 아니면 도진이와 하린이는 어디에서 또 연결되어 있는 걸까.

정신을 차려 보니 집 앞이었다.

"아, 병원."

그제야 병원 생각이 났다. 내가 지금까지 병원에 가지 않았는데 절대 가만있을 할머니가 아니다. 아니나 다를까. 부재중 전화가 10통도 넘게 와 있었다. 어디서 뭔 짓을 하느라고 소식이 없느냐는 문자도 5개였다. 맞춤법 따위는 무시한 문자는 더 서슬이 퍼레 보였다.

'지금 전화하면 기름을 지고 불속으로 뛰어드는 꼴이지. 이럴 때는 잠적! 잠적이 최고지.'

나는 집으로 들어왔다.

반찬통 밑바닥에 깔린 찌꺼기를 박박 긁어 비빔밥을 만들어 먹었다. 그러고 난 다음 앉은 자리에서 귤 30개를 까먹고 나니 팽팽하던 긴장감이 조금은 느슨해졌다. 도진이고 하린이고 한숨 자고 나서 생각해 봐야겠다고 마음먹고 소파에 누웠다. 잠이 들 듯 말 듯 혼미한 상태에서 쾅! 하는 소리에 눈을 번쩍 떴다.

도진이었다. 아직 돌아올 시간이 아닌데 웬일인가 하고 의문을 품는 순간 도진이와 눈이 딱 마주쳤다. 도진이 눈알이 새빨갰다. 그러고 보니 눈두덩이도 좀 부은 거 같고. 울었나?

도진이는 방문을 부서져라 닫고 방으로 들어갔다. 문 닫는 소리에 이어서 딸각! 소리가 났다. 문을 잠그는 소리다. 누가 들어간다고 했나, 왜 문을 잠그고 난리람. 콧방귀를 한 번 뀌고는 몸을 일으켰다. 재가 왜 안 하던 짓을 하지.

너는 나를 망쳤고 나는 너를 망칠 거야

꼬박 하루가 지나도 도진이는 방에서 나오지 않았다. 독하기가 살모사보다 더 하다. 하루를 어떻게 굶어 내는지 재주가 대단했다. 하늘이 무너진다고 해도 절대 빼먹지 않는 학원에도 가지 않았다. 아빠는 무슨 일이냐고, 엄마 아빠와 함께 상의해서 풀자고 방문 앞에서 통사정했지만 도진이는 방문을 열지 않았다. 열기는커녕 사람이 있는지 없는지 인기척조차 없었다.

"애가 무슨 나쁜 생각을 한 거 아니야?"

쥐 죽은 듯 고요한 반응에 아빠는 당황해했고 도진이방 열쇠를 찾아 온 집 안을 발칵 뒤집었다. 어디에 두었는지 열쇠는 보이지 않았다. 아빠는 칼이며 가위까지 동원해서 도진이 방문을 열었다.

방문이 열리는 순간 엄마 아빠와 함께 도진이 방 안을 쳐다봤다. 도진이는 책상 앞에 앉아 있었다. 조금의 움직임도 없이 마치 얼음처럼 굳은 채였다. 뒷모습이 얼마나 살벌하게 느껴지는지 섬

뜩하기까지 했다.

"도진아."

아빠가 도진이를 부르며 달려가 도진이 어깨를 잡아 흔들었다.

"왜 들어왔어?"

도진이는 표독스러운 목소리로 쏘아붙였다. 혹시나 뭔 일이 있는 것은 아닌지 마음을 졸였던 엄마 아빠는 안도의 한숨을 내쉬었고 조용히 생각할 게 있다는 도진이 말에 얌전히 방에서 나왔다.

어두웠던 아빠 얼굴은 학원 원장과 통화를 하면서 절망의 빛으로 물들어 갔다. 대체로 학원 원장이 말을 하고 아빠는 간간히 대답만 했다.

"예."

그 짧은 말을 하면서도 아빠 입술이 달달 떨렸다. 뭔가 심상치 않은 일이 터졌음을 직감했는지 엄마는 차마 무슨 일이냐고 묻지도 못한 채 심각한 표정으로 아빠를 지켜봤다.

예, 소리만 몇 번 한 아빠는 20여 분만의 통화를 끝냈다.

"무슨 일이야?"

엄마가 조심스럽게 물었다.

"이놈의 계집애."

아빠가 아랫입술을 질끈 깨물었다. 이놈의 계집애? 누굴 지칭하는 건지 도무지 감이 오지 않았다. 도진이가 다니는 학원 원장과 통화한 것은 맞지만 아빠가 도진이에게 이놈의 계집애라고 말할 리는 없다. 이놈의 새끼야, 이놈의 자식아, 나에는 숨을 쉬듯 자연스럽게 내뱉는 그런 말이지만 아빠는 단 한 번도 도진이에게 그런 말을 해 본 적이 없다. 그럼 학원 원장에게 하는 말? 에이, 그럴 리가. 아빠가 욱하는 다혈질 성격이기는 하나 최소한의 교양은 지니고 있다. 물론 나에게만은 예외지만.

"누구? 도진이?"

엄마가 물었다.

아빠는 대답 대신 주먹을 불끈 쥐고 숨을 가파르게 내쉬었다. 얼굴은 벌게졌다가 파랗게 변하기를 반복했다. 엄마는 차마 더 묻지 못하고 아빠 얼굴만 지켜봤다.

잠시 뒤 아빠가 벌떡 일어나더니 도진이 방문을 부서져라 발로 찼다.

"너, 누가 그런 짓을 하라고 그랬니, 응?"

아빠는 방문턱을 밟고 허리에 손을 올린 채 소리쳤다. 놀라서 돌아보는 도진이의 얼굴이 점점 새하얗게 질려 갔다. 도진이 눈빛이 흔들렸다. 무엇에 대한 두려움인지 그 흔들림은 상당했다. 내가 도진이와 쌍둥이로 살면서 저런 눈빛은 여태 본 적이 없었다.

"누가 너한테 장학금 꼭 타야 한다고 닦달하는 사람이 있었니? 누가 그랬어?"

"그게 뭔 소리야? 장학금이 왜?"

엄마 목소리가 떨렸다.

두려움에 흔들리던 도진이 눈빛이 서서히 변했다. 뭔가 당찬 결심이라도 한 듯 빛이 났다. 아빠와 도진이는 호랑이와 사자처럼 눈 하나 깜빡이지 않고 서로를 쏘아봤다. 그 시간은 표현할 수 없을 만큼 길게 느껴졌고 어쩌면 우리 집안을 통째로 흔들리게 할 사건의 서막을 여는 것일 수도 있다는 예감이 들었다. 그만큼 일촉즉발의 순간이었다.

"에이."

아빠는 허공을 향해 한숨을 한 번 내뱉더니 집에서 나가 버렸다.

"여보, 대체 왜 그래?"

엄마가 아빠를 따라 나갔다.

쾅!

엄마 아빠가 나가고 나서 도진이가 갑자기 책상에 머리를 박았다. 정신을 잃고 쓰러진 거 같았다. 나는 도진이에게 달려가 어깨를 잡고 흔들었다.

"이거 놔."

도진이가 소리를 빽 지르더니 다시 책상에 머리를 박았다. 책상 모서리에 받힌 도진이 머리에서 피가 흘렀다. 이마를 타고 내려온 피는 눈두덩이를 타고 뺨으로 흘렀다. 피가 저토록 빨간색이었나? 새삼 놀랄 만큼 도진이 얼굴로 흘러내리는 피는 새빨갰다.

"미쳤나……."

나는 서랍장에서 수건을 꺼내 도진이 얼굴을 닦아 주려고 했다. 도진이는 내 손을 뿌리쳤다.

"그래, 나 미쳤다. 내가 이런 꼴 당하니까 너 기분 좋지? 좋아서 아주 팔팔 뛰겠지?"

그러더니 나에게 바락바락 대들었다. 아니 내가 뭘 어쨌다고, 피가 흘러서 피를 닦아 주려고 한 것뿐인데 뭐가 팔팔 뛸 정도로 기분이 좋아? 미쳤다고 한 말에 열 받은 거라면 그 말은 뭐 취소해 주지. 하지만 아무리 화가 나도 책상에 머리를 들이박는 거는 멀쩡한 정신으로 하기 어렵다. 그것도 피가 줄줄 흐를 정도로 세게.

"하린이 이 계집애."

도진이가 두 주먹을 불끈 쥐었다. 그러더니 자리를 박차고 벌떡 일어났다. 도진이는 휴대폰을 거칠게 집어 들더니 현관으로 내달렸다.

순식간에 일어난 일이라 정신이 하나도 없었다. 수건을 들고 멍하니 도진이가 하는 짓을 바라보는데 정신이 번쩍 들었다. 도진이가 하린이라고 했다.

나는 재빨리 집에서 나왔다. 엘리베이터가 1층에 도착하고 있었다. 나는 계단으로 뛰었다.

도진이는 누군가와 통화를 하며 걸어갔다. 나는 도진이를 따라갔다. 도진이가 공원으로 들어갔다.

얼마 뒤 공원에 모습을 드러낸 아이는 놀랍게도 하린이었다.

"너, 내가 그렇게 부탁했는데도 이러기야?"

결코 가까운 거리가 아닌데도 도진이 목소리는 또렷하게 들렸다. 격앙된 목소리였다. 하린이는 무슨 말을 하는지 들리지 않았다.

"내가 이렇게 되면 네가 얻는 게 뭐지? 내가 장학금을 못 타게 된다고 해서 네가 타는 것도 아니잖아? 나는 커닝을 하지 않아도 장학금 정도는 문제없어. 커닝 같은 거 안 했다고 몇 번이나 말해야 알아들어?"

도진이 말을 듣는 순간 뭔가 둔탁한 물건이 내 머리를 한 대 후려치고 지나간 거 같았다.

하린이도 지지 않고 도진이에게 무슨 말인가 했지만 알아들을 수가 없어서 답답했다.

"너, 알아 둬! 나는 절대 용서하지 않아. 너는 나를 망쳤어. 지금까지 내가 이루어 놓은 모든 것을 네가 망쳤다고, 알아? 네가 나를 망친 것처럼 나도 너를 망칠 거야. 똑똑히 기억해."

시퍼렇고 날카로운 칼날을 마주하고 서 있는 느낌이 들 정도였다.

말을 마친 도진이는 뚜벅뚜벅 걸어갔다. 하린이는 도진이가 돌아가고 나서도 한참 동안 공원에 서 있다 돌아갔다.

나는 찬바람이 부는 공원 벤치에 오랫동안 앉아 있었다. 둘 사이를 연결하는 꼭짓점이 얼추 맞혀지고 있다.

도진이 학교 성적은 타의 추종을 불허한다. 학원에는 이 학교 저 학교에서 워낙 잘난 아이들이 몰려드니 도진이가 어느 정도 평가를 받는지는 잘 모르겠다. 하지만 장학금을 타는 걸 보면 학교 성적과 별반 다르지 않아 보였다. 그렇지만 혹시나 하는 마음에 커닝을 했고 그걸 하린이에게 들키고 만 거다. 하린이는 학원 원장에게 사실을 밝히려고 했고 도진이는 그걸 막으려고 했다. 그런데 하린이는 결국 다 말하고 만 거다. 도진이는 커닝한 게 아니라고 하지만 분위기로 봐서 도진이 말을 믿어 주지 않는 거 같았다. 그렇다면 하린이가 봉변을 당할 뻔했다는 날, 하린이 앞에 나타난 누군가는 도진이와 연관된 사람이 틀림없고 저번에 공원에서 만난 그 남자아이일 가능성이 크다. 이 추리에 약간 걸림돌이 있다면 도진이가 고양이 모자를 전혀 모르고 있다는 건데…….

그나저나 도진이가 가만있지 않을 거다. 저 정도로 독을 품고 그냥 지나가면 하도진이 아니다.

집으로 돌아왔을 때 도진이는 이불을 머리끝까지 뒤집어쓰고 누워 있었다. 가끔 한숨 소리가 새어 나오는 걸 보면 자고 있는 것은 아니었다.

모습을 드러낸 행성

한밤중 실시간 검색어 1위에 'D-day 14'가 올라왔다. 지난번에는 점술가가 한 마디 하는 바람에 실시간 1위였는데 이번에는 또 뭔지 모르겠다. 2위는 '지구 최후의 날'이었다.

나는 'D-day 14'를 클릭했다.

지구와 충돌한다는 행성이 12월 31일 23시 21분 현재 그 모습을 뚜렷하게 드러냈다. 과학자들은 그 행성이 G1 행성이라는 것을 확인했다고 밝혔다. G1 행성은 현재 상당히 빠른 속도로 지구를 향해 돌진하고 있다. 그동안 부정적 반응을 보였던 과학자들도 지구가 폭발해서 사라진다는 이야기가 상당히 신빙성이 있다고 입을 모아 말했다. 과연 14일 뒤 지구가 G1 행성과 충돌해 사라질 것인지 관심이 모아지고 있다.

돌진이라는 단어에 정신이 번쩍 들었다. 그냥 다가오는 것도 아니고 돌진이라니.

실시간 검색어 2위인 '지구 최후의 날'을 클릭했다. 내용은 비슷했다. 정확히 14일 뒤 지구는 최후의 날을 맞이할 거라는 내용으로 가능성 99퍼센트라고 했다. 이런 일에 99퍼센트란 백 퍼센트와 같은 말이라고도 했다.

나는 텔레비전을 켰다.

'지구의 종말, 현실이 될까'라는 주제로 오늘 말씀을 나눌 분들을 모셨습니다.

한밤중에 과학자들이 패널로 나와 앉아 있었다.

먼저 전부터 디데이는 올 거라고 강력하게 말씀하셨던 서동지 박사님부터 말씀해 주시지요. 디데이가 올 확률이 거의 100퍼센트라고 말씀하셨는데요.

이게 G1 행성입니다. 그동안 어렴풋이 나타났다가 사라지기를 반복해서 이 정도 다가오기까지 어떤 행성인지 그 정체를 확실히 몰랐습니다. 과학자들 사이에서 G10이 아닐지 추측만 하고 있었지요. G1 행성 부근에 G2, G3 행성도 있었거든요. 역시 추측대로 가장 크고 강한 행성이 다가오고 있습니다.

화면에 검은 우주에 둥둥 떠 있는 럭비공 모양의 행성이 나왔다. 한순간 지구를 폭파시키기 위해 다가오는 존재라고 말하기에는 보라색 빛이 너무나도 신비롭고 아름다웠다.

각도가 어긋날 거라는 의견도 조심스럽게 나왔지요. 만약 G2나 G3였다면 그럴 수도 있었습니다. 하지만 G1으로 밝혀졌고 그럴 경우 지구와 부딪힐 확률 99퍼센트입니다. 이런 경우 99퍼센트란 백 퍼센트라는 말과 일치합니다. 지구는 앞으로 나갈 곳도 뒤로 물러설 곳도 없습니다. 대자연의 힘 앞에서 우리는 무기력한 우주의 점 같은 존재일 뿐입니다.

검은색 슈트에 하늘색 셔츠를 입은 서동지 박사의 넥타이는 의도인지 우연인지 보라색이었다.

"뭐야?"

혼돈스러웠다. 믿어야 하는 건가, 믿지 말아야 하는 건가.

나는 텔레비전을 껐다. 거실을 서성거리고 있을 때 민구에게 전화가 왔다. 유전자는 변이한다는 말을 한 뒤로 민구에게 전화가 온 것은 처음이었다. 문자를 보내 볼까 하다가 공연히 학원 잘 다니고 있는 아이를 건드려서 마음속 거위인지 뭔지가 꽥꽥거리면 곤란할 거 같아 말았다.

"도용아. 진짜 지구 사라지는 거 맞냐? 아무래도 맞는 거 같아."

높은 톤의 민구 목소리는 떨리고 있었다.

"지금 텔레비전에 과학자들이 나와서 이야기를 하는데 사실인 거 같다."

민구는 두렵다고 했다. 그 말이 사실이라면 지금부터 14일간 무엇을 하고 살아야 하느냐고 물었다. 뭘 해야 할까? 나는 민구 말에 아무런 대답을 하지 못했다. 단 한 번도 그 일에 대해 진지하게 고민해 본 적이 없었다. 디데이는 실시간 검색에 뜨는 수많은 일 중에 하나라고 여겼을 뿐이다. 그리고 다른 사건들이 그렇듯 어느 순간 실시간 검색어에서 사라지고 사람들 기억 속에서도 아스라이 사라질 그런 일이라고 믿었다.

"아플까?"

민구가 물었다.

"지구가 폭발할 때 우리 몸도 함께 폭발할 거 아니냐? 그때 아플까?"

지구와 함께 최후를 맞이하게 되었는데 일차원적인 걱정을 하느냐고 한 마디 하려다 멈칫했다. 진짜 아플까? 아픈 게 느껴진다면 어느 정도의 아픔일까. 그 생각을 하자 두려움이 밀려왔다. 그 두려움은 굉장했다. 공포가 온몸을 지배하는 느낌이었다.

민구와 몇 마디 더 나눈 거 같은데 그다음은 어떤 말을 했는지 기억나지 않는다.

전화를 끊고 나서 베란다로 나왔다. 베란다에 서서 먼 하늘을 바라봤다. G1 행성은 어느 쪽에서 오고 있을까? 기온이 뚝 떨어진 탓에 미세먼지 하나 없는 하늘은 오늘따라 유별스럽게 맑았고 별들이 빛을 발하고 있었다.

그때 안방에서 두런거리는 소리가 들렸다. 엄마 아빠도 인터넷을 봤을까? 아니지, 도진이 때문에 정신없는 마당에 다른 일에 신경 쓸 상황이 아닐 거다.

안방 문을 활짝 열자 방 안에 쪼그리고 앉아 있던 엄마 아빠가 동시에 나를 바라봤다.

"왜?"

엄마가 물었다.

"엄마. 디데이가 온대."

"미친놈."

내 말이 떨어지기 무섭게 아빠가 쏘아붙였다.

"너는 지금 이 상황에서 그런 말을 하고 싶니, 응? 그 디데이인지 뭔지 그 얘기가 나온 게 어제오늘 일이니? 굳이 오늘 날 잡아서 한밤중에 그걸 말하고 싶은 이유가 뭐니? 도진이 때문에 속이 타서 재가 되게 생겼는데 나는 바보입니다. 딸은 커닝하다 들켰고 아들은 바보니까 더 속 터지세요, 이러고 말하고 싶은 거니? 당장 문 닫고 나가."

자초지종을 들어 보지도 않고 사람을 미친놈에다 바보로 몰다니. 눈물이 쏟아지려고 했다.

나는 아빠가 원하는 대로 방문을 닫았다. 그리고 소파에 앉아 다시 텔레비전을 켰다.

기자가 지하철역 앞에서 인터뷰를 하고 있었다. 자정이 다 되어 가는 시간인데도 지하철역에는 사람들이 북적였다.

디데이가 올 확률 99퍼센트라고 합니다. 거기에 대해 어떤 생각을 가지고 계신지요? 담담하게 삶을 정리할 자신은 있으신지요?

인터뷰를 요청하는 기자의 목소리는 다른 날과 별반 다를 게 없었다. 직업 정신 완전 갑이다.

여보쇼. 기자 양반. 지금 그 질문은 나보고 죽으라는 말이요? 허참 기분 더럽게 나쁘네. 삶을 정리하긴 뭘 정리해? 남의 삶에 대해 물어볼 시간 있으면 당신 삶이나 돌아보쇼. 나는 죽을 생각도 없고, 그런 거 돌아볼 생각 추호도 없소이다. 아, 재수 없어.

중년 남자는 길바닥에 침을 탁 뱉더니 기자를 밀치고 가 버렸다.

그럼 다음 시민을 만나 보도록 하겠습니다.

기자의 직업 정신은 그깟 침 따위에는 흔들리지 않았다. 아무 일도 없었다는 듯 다른 사람에게 마이크를 내밀었다.

설마 그런 날이 오겠어요? 말도 안 되지요. 그런 날이 와서는 절대 안 됩니다. 저는 아직 마음의 준비가 되어 있지 않아요.

손수건으로 눈물을 콕콕 찍어 내는 사람도 있었다.

언론에서 이렇게 위기감을 조성해도 되는 겁니까? 이러면 시민들이 동요하게 되고 시민들이 동요하게 되면 디데이인지 뭔지 오기도 전에 큰일이 터지게 되어 있어요. 혹시 그런 거를 원하는 거요? 어느 방송국이요? 당신 정체가 뭐야? 정체를 밝혀 봐.

기자의 정체성을 의심하며 이상한 세력으로 몰아가는 사람도 있었다.

화면이 바뀌어 이번에는 대형마트 앞에 기자가 서 있었다. 12시면 마트가 문을 닫을 시간인데도 사람들이 쉴 새 없이 들락거리고 있었다.

잠시만요, 잠시만.

기자가 주차장 앞에 길게 줄을 서 있는 자동차 창문을 두드렸다. 창문이 스르륵 내려갔다.

디데이가 99퍼센트 온다는 말을 듣고 나오셨습니까? 뭘 사러 오신 건가요?

엉겁결에 마이크를 받은 중년 여자는 아주 떨떠름한 표정이었다.

아니, 누가 그래요? 디데이가 온다는 말을 듣고 뭘 사러 왔다고? 미루어 짐작해서 말씀하지 마세요. 언론이 이렇게 추측성 말을 해도 되는 건가요? 나는 그냥, 쇼핑하러 온 거뿐이에요.

말을 마친 중년 여자는 창문을 닫아 버렸다. 다음 차는 아예 창문을 열어 주지 않았다. 그다음 자동차 주인은 이렇게 말했다.

디데이가 오지 않아도 지금 이런 상황이면 생필품을 만드는 공장이 정상적으로 돌아간다고 누가 보장하겠어요? 그러면 당연히 생필품이 달릴 거 아니에요? 있을 때 사 두어야지요. 앞으로 일어날 일에 대비하는 게 현명한 자세 아닙니까?

평온하다는 것은 그 말을 믿지 않아서라는 도진이 말이 맞았다. 공중파에 종편 방송까지 모든 방송에는 과학자들이 나와 떠들썩했고 모든 방송국의 기자들은 밤거리를 종횡무진하고 있었다.

"이게 무슨 소리야?"

엄마 아빠가 안방에서 나와 텔레비전 앞으로 온 것은 'D-day 13'을 10분 앞둔 시간이었다. 그리고 'D-day 13'을 1분 앞두었을 때 할머니에게서 전화가 왔다. "하도용. 니네 엄마 아빠가 전화를 안 받는데 진짜 그 디 디 디 뭐시냐? 그게 오는 거냐? 병원에 있는 사람들이 그런 말을 하는데 정말 지구가 폭발해서 사라지는 거냐고? 아이고 이를 어쩌냐? 할 일이 태산이고만, 지구가 폭발하면 어떻게 하느냐고."

나는 조용히 전화기를 아빠에게 내밀었다.

"어머니, 저도 잘 모르겠어요. 그런데 거짓말은 아닌 거 같아요."

아빠 목소리가 떨리고 있었다.

우왕좌왕 ▼

'G1', 'D-day', '생필품'이 실시간 검색어 1, 2, 3위를 다퉜다. 인터넷과 방송에서는 뜨거운 논쟁이 계속되고 있었다.

ㄴ 일상적인 생활을 해야 하는 건가?

ㄴ 출근을 해야 하는 건가, 말아야 하는 건가. 정부에서 출근해라, 출근하지 마라, 정해 주면 안 될까? 만약 지구가 사라지지 않는다 해도 그동안 안 나온 거는 결근 처리 안 해 주는 거로 하면 좋겠는데.

ㄴ 동감.

ㄴ 스스로 알아서 하지 별걸 다 정부에 기대려고 하네.

네티즌들의 댓글은 대부분 이랬다.

아빠와 엄마는 늦게 출근했다. 이러고 있다가 지구가 사라지는 날이 오지 않으면 일이 복잡해질 수 있다고 했다.

도진이는 방에서 나오지 않았다. 굶어 죽으려고 작정했는지 아무것도 먹지 않았다.

오후에 식빵에 딸기잼을 발라 도진이에게 가져다주었다. 전혀 그러고 싶은 마음은 없는데 쌍둥이로서의 의리다.

"누가 이딴 거 먹고 싶대? 그냥 굶어 죽게 놔둬."

싸가지 하고는.

"야, 네가 굶어 죽지 않아도 앞으로 13일 뒤면 죽게 되어 있거든. 왜 굳이 고통스럽게 굶어 죽으려고 하냐? 참 딱하다, 딱해."

식빵을 들고 나오려다 책상 위에 그냥 두었다.

우리, 죽는 거냐?

"하도용. 오늘 할머니랑 교대해. 허리가 아프셔서 많이 힘드신가 봐."

아빠가 아침 일찍 출근을 서두르며 말했다.

"하도용. 병원 가기 전에 도진이 뭣 좀 챙겨 줘. 저러다 큰일 나게 생겼다."

엄마가 말했다. 지구가 사라진다는 최후의 날이 11일 앞으로 다가온다는데도 손톱을 꾸미러 오는 사람들이 있다는 거다.

그 말은 방송에서 인터넷에서 아무리 떠들어 대도 결코 믿지 않는 사람들이 존재한다는 말과 같다. 하긴 나도 지금 아리송하기는 하다. 며칠 전 한밤중에 과학자들과 기자들이 총출동했을 때 공포에 떨었지만 시간이 좀 지나니 과연 그날이 올까 의심이 들었다. 아빠와 엄마도 마찬가지일 거다.

어젯밤에 엄마가 불안해하며 말했다.

"이러고 있어도 되는 건가? 대책 없이 이러고 있다가 진짜 지구가 폭발해 버리면 어떻게 해?"

그러자 아빠가 대답했다.

"대책은 무슨 대책? 설사 지구가 한순간 사라져 버린다는 게 사실이라 하더라도 어떤 대책을 세울 수 있겠어? 우리가 그걸 막을 수는 없는 거야. 나는 내일 지구의 종말이 온다고 해도 오늘 한 그루의 사과나무를 심을 거야. 열심히 물건을 나를 거라고."

아빠는 큰소리쳤지만 주방으로 물을 가지러 나오면서 '설마 그러려고'라며 중얼거렸다.

엄마 아빠가 나가고 나서 인터넷을 봤다. 찬란한 보랏빛의 G1 영상이 쫙 깔려 있었다.

실시간 검색어 1, 2, 3위가 바뀌었다.

실시간 검색어 1위 기독교

실시간 검색어 2위 불교

실시간 검색어 3위 천주교

텔레비전을 켰다. 어제까지만 해도 방송국마다 과학자들을 패널로 불러 모아 지구 최후의 날과 G1 행성에 관한 이야기를 나누었는데 오늘은 좀 달랐다. 종교인들이 나와 지구 최후의 날을 맞이하고 있는 즈음 우리의 자세에 대해 이야기하고 있었다.

"야, 꺼."

유명한 스님이 나오는 방송을 보고 있을 때 도진이가 방문을 열어젖히며 소리쳤다.

"시끄러워 죽겠어. 당장 텔레비전 끄라고."

볼륨도 그다지 크지 않은데 별꼴 다 보겠네, 어디다 대고 히스테리람, 아이고 무서워라, 구시렁거리며 텔레비전을 껐다. 그러면서 슬쩍 도진이를 보고는 소스라치게 놀랐다. 도진이는 온데간데없고 해골바가지 하나가 있었다. 사람이 먹지 않으면 저렇게 되는거구나! 새로운 깨달음이었다.

"너는 지구가 사라진다니까 좋으냐?"

도진이가 눈을 가늘게 뜨더니 따지듯 물었다.

"좋기도 하겠지. 춤추고 싶지? 이 생각 없는 새끼야."

애가 도대체 왜 이러나. 한 마디 하려다가 도진이를 이길 자신도 없고 또 해골 같은 몰골을 보니 어쩐지 측은하기도 해서 그만두었다.

"나는, 나는 으아아앙."

갑자기 도진이가 거실 바닥에 철퍼덕 주저앉더니 목을 젖히고 울기 시작했다. 어린아이가 울 듯 입을 크게 벌리고 눈물을 뚝뚝 흘리며 우는 도진이 모습에 당황스러웠다. 쌍둥이로 같은 날 태어나 열여섯 살이 되도록 도진이의 저런 모습을 본 적이 없다.

"나는 나는 으앙아아앙. 나는 나는 으앙. 나는 나는……."

도진이는 말을 맺지 못했다.

"너는 좋겠다."

도진이가 눈물을 훔치더니 나를 향해 눈을 흘겼다. 내가 좋긴 또 뭐가 좋아?

"그동안 하고 싶은 거 하고 신나게 놀았으니 얼마나 좋아. 처먹고 자고 자고 나면 또 처먹고 그러고 편히 살았으니 얼마나 좋으냐고? 으아아앙. 나는, 나는 으아앙."

'나는' 다음에 무슨 말을 하고 싶어서 저러는지 궁금했다.

"나는 초등학교 6학년 때부터 하루에 4시간 이상 자 본 적이 없어. 미치도록 졸린 것도 참고 공부했다고. 이게 다 누구 때문인 줄 알아?"

도진이 눈에서 원망의 빛이 쏟아져 나왔다.

"다 너 때문이야."

이건 또 무슨 말이람. 하도 어이가 없어서 입이 저절로 벌어졌고 벌어진 입을 다물 수가 없었다. 지나가던 강아지가 뭔 말도 안 되는 소리를 하냐고 웃을 노릇이다. 도진이 제가 하루 4시간밖에 못 자고 공부한 게 왜 나 때문이야? 사람이 만만하니까 여기저기 갖다 붙이기도 잘한다. 아이고 내가 너하고 마주 앉아 무슨 말을 하냐, 말자, 말아. 나는 병원에 가려고 자리를 털고 일어났다.

"냉장고에서 뭘 꺼내 먹든가 말든가."

나는 한 마디 하고 운동화를 신었다.

"아빠가 그랬단 말이야. 매일매일 그랬다고. 도용이 몫까지 하라고. 너만 믿는다고. 도용이는 좋은 대학 가기 다 틀렸고 너는 최고의 대학에 가야 한다고. 나는 다른 아이들이 다 간다는 코인 노래방에 단 한 번도 가 본 적 없다고. 영화를 보러 간 적도 없고, 아이돌 콘서트에 가 본 적도 없어. 으아앙 으아앙. 억울해서 어떻게 죽어?"

도진이는 거실 바닥을 손바닥으로 치며 울었다. 눈물 콧물이 뒤범벅된 도진이 얼굴을 바라보는데 눈물이 핑 돌았다.

도진이가 억울해하는 것은 평범한 일상이었다. 아무것도 아니었다. 마음만 먹으면 할 수 있는 것들이었다. 게으르고 나태하고 생각 없이 사는 나 같은 아이도 쉽게 할 수 있는 그런 일들이었다.

"마셔라."

나는 따뜻한 물 한 컵을 떠다 도진이 옆에 놔 주었다.

"야, 너 지금 나보고 냉수 먹고 속 차리라는 거니?"

도진이가 쏘아봤다.

"냉수 아니거든. 따뜻한 물이거든."

나는 집에서 나왔다.

버스 정류장에 우두커니 서 있는데 아줌마 두 명이 다가왔다. 유별나게 보일 정도로 화장을 뽀얗게 하고 정장 차림을 한 아줌마들이었다.

"교회 다니니?"

아줌마 한 명이 물었다.

"아니요."

"저런, 시간이 없단다. 이제 디데이가 얼마 남지 않은 거 너도 알지? 교회에 나가야 한단다."

아줌마 둘은 정말 열과 성을 다해 내가 왜 오늘 당장이라도 교회 문턱을 넘어서야 하는지 설명했다. 왜 그동안의 잘못을 반성하고 회개해야 하는 건지 침을 튀겨 가며 서로 앞다퉈 말했다. 세상을 살면서 잘못은 누구나 할 수 있다. 하지만 반성은 누구나 하지 않는다. 잘못하는 것보다 반성하지 못하는 것이 더 안타까운 일이다. 너 살면서 잘못한 일이나 죄지은 일 많지? 아니요, 저는 크게 잘못한 일도 죄지은 일도 없는 거 같은데요. 말하는 순간 6학년 때 짱으로 활동하던 날들이 주마등처럼 머리를 스치고 지나갔다. 나는 나도 모르게 아줌마들 앞에서 그날의 일들을 고백하고 있었다. 너는 오늘 우리를 만났으니 그 안타까운 일로부터 헤어 나올 수 있는 거다. 저쪽 아파트에 살고 있니? 이 얼마나 행운이니. 저기 저기, 길 건너에 교회 건물 보이지? 멀지 않은 곳이란다. 당장 오도록 해라.

나는 도깨비에 홀린 듯 아줌마들의 열변을 들었다. 그리고 지금 할아버지 병원에 가는 길이니 병원에서 돌아오는 대로 교회에 가겠다고 약속했다.

버스를 타고 병원 앞에 내렸을 때 오랜만에 민구에게 전화가 왔다.

"도용아. 우리 이제 죽는 거지? 이제 살살 실감 난다."

민구 목소리는 가늘게 떨리고 있었다.

"어디냐?"

"할아버지 병원 앞."

"할아버지는 좀 어떠셔?"

"나도 며칠 동안 병원에 안 가 봐서 잘 몰라. 엄마 아빠가 아무 말도 안 하는 걸 보니 특별한 일은 없나 봐."

"고양이 모자는?"

민구가 뜬금없이 물었다. 며칠 동안 정신이 없어서 나도 고양이 모자는 까맣게 잊고 있었다.

"아직 가방 안에 있어."

"신경 쓸 일은 아닌 거 같다. 이 상황에 경찰이 고양이 모자 주인을 찾는 수사를 하지는 않을 거 같아. 너 병원 갔다가 뭐 할 거니? 특별히 할 일 없으면 나랑 우리 엄마 따라서 절에 가자. 나 오늘 절에 가거든."

"절? 너 종교가 불교냐?"

"나는 아니고 우리 엄마가 가끔 한 번씩 절에 다녔거든. 오늘 절에 등 달러 가거든. 엄마 아빠 그리고 내 이름으로 등을 하나씩 달 거야. 너도 하나 달자. 확실히 지구 최후의 날이 온다고 하거든. 그래서 등을 꼭 달아야 한대."

"지구 최후의 날이 오는데 등을 왜 달아?"

"극락왕생을 비는 등이다. 같이 달자. 그래야 다음 생에서 너랑 나랑 다시 만나지. 너 나랑 다시 만나고 싶지 않냐? 나는 우리 엄마한테 그 말을 듣는 순간 도용이 너를 떠올렸는데."

"극락왕생은 또 뭐냐?"

"이 세상을 떠나서 아미타불이 살고 있는 세상에 가서 다시 태어나는 거래."

"아미타불이라는 사람이 누군데? 불교는 부처님을 믿는 종교 아니냐?"

"그렇게 깊이 있는 거까지는 잘 모르겠고 아무튼 아미타불이 살고 있는 곳은 아무런 괴로움도 걱정도 없는 마냥 행복하고 자유로운 곳이란다. 등을 달면서 극락왕생을 빌면 그곳에서 다시 태어나는 거지. 같이 달 거지?"

뜻은 좋은데 오늘은 이미 교회에 가기로 약속을 했다. 그 얘기를 하자 민구는 엄마한테 물어보고 다른 사람이 대신 등을 달아도 된다고 하면 자기가 달아 주겠다면서 내 생일과 태어난 시간을 물었다. 등을 달려면 그런 것도 알아야 한단다.

응급실로 들어가자마자 첫 침대 곁에 신부님과 수녀님이 묵주를 들고 기도를 하고 있었다. 침대에는 아줌마 한 명이 가슴을 부여잡고 몸을 구부리고 있었다. 신부님과 수녀님 그리고 가족으로 보이는 아이 둘은 눈을 꼭 감고 기도를 하고 있는데 아줌마는 눈도 감지 못하고 통증과 싸우고 있었다.

"성부와 성자와 성신의 이름으로 아멘."

"신부님. 정말 지구가 폭발할까요? 그렇다면 차라리 죽는 주사라도 놔 달라고 해서 이 통증에서 벗어나고 싶어요. 며칠 뒤에 어차피 죽을 건데 견뎌 내는 거는 아무 의미도 없잖아요."

아줌마가 말했다.

"죽는 주사 같은 거 없어요. 있어도 못 놔 드려요."

그때 옆을 지나가던 간호사가 말했다.

"곁에서 함께하는 분이 계시니 너무 두려워하지 마세요."

신부님과 수녀님은 허리를 숙여 인사하고 돌아갔다.

할아버지는 여전했다. 코에는 산소호흡기가 꽂혀 있고 눈을 감고 있었다. 많이 달라진 것이 있다면 수염이 몰라보게 자란 것이다.

"도용아. 진짜로 지구가 사라지는 거냐? 학교에서 배웠어?"

할머니는 나를 보자마자 물었다.

"잘 모르겠어요."

"아이고, 하긴 공부도 제대로 안 한 네가 뭘 알겠니? 물어본 내가 잘못이지. 집에 가서 똑똑한 도진이한테 물어보는 게 낫겠다."

할머니가 가고 난 뒤 나는 침대 옆에 앉았다. 그리고 찬찬히 할아버지 얼굴을 살펴봤다.

"할아버지, 지구가 폭발한대요. 지구와 부딪히게 될 행성이 지금 지구를 향해 다가오고 있대요."

비록 정신을 잃고 누워 있지만 할아버지도 알아야 할 거 같았다. 알아듣고 못 알아듣고는 중요한 게 아니다. 의식이 없어도 할아버지는 아직 살아 있고 살아 있으면 알아야 할 권리가 있다.

"할아버지, 할아버지는 후회되는 거 없으세요? 젊었을 때 술 마시고 할머니 때린 것, 아빠와 고모를 괴롭힌 것, 그리고 땅 팔아서 혼자 다 쓴 것, 이런 거 후회 안 되세요? 왜 그러셨어요? 키도 작고 덩치도 작은 할머니 때리면서 불쌍하지 않았어요? 아빠한테도 그때 좀 잘하셨으면 지금처럼 살지 않았을 텐데요. 아, 좋아요, 젊었을 때는 그렇다 치고요. 아무도 몰래 땅 판 거는 진짜 잘못한 거 같아요. 할머니가 얼마나 배신감 들었겠어요? 도진이는 노래방 못 가 보고 아이돌 콘서트 쫓아다니지 못하고 영화 보러 못 가 본 게 후회되나 봐요. 그깟 거 쉬운 일인데 단 한 번도 해 본 적이 없다고 해요. 도진이 말을 듣고 보니 그 말이 맞았어요. 도진이는 집에 들어올 때나 나갈 때나 항상 가방을 둘러메고 있었거든요. 학교 가방이나 학원 가방. 단 한 번도 도진이 어깨가 가벼웠던 거를 본 적이 없는 거 같아요. 저는 뭐가 후회되는지 아직 생각해 보지 못했어요."

나는 할아버지 손을 잡았다. 그때 문득 걱정거리가 떠올랐다.

"의사 선생님들과 간호사 선생님들은 계속 출근하는 거죠? 병원과 환자를 지키는 거죠?"

나는 간호사에게 물었다.

"글쎄다."

간호사는 무뚝뚝하게 대답했다.

"그런 대답이 어디 있어요? 의사 선생님들과 간호사 선생님들이 출근하지 않으면 환자들은 다 어떻게 하라고요? 방송국 사람들 보세요. 직업 정신 완전 쩔어요. 흔들리지 않고 자기 자리를 지키고 있다고요. 절대, 절대 출근하지 않는 그런 비인간적인 행동은 하지 말아야 해요."

"비인간적인 행동? 글쎄다. 죽음 앞에서 과연 모두들 의연할 수 있는지 나도 잘 모르겠다. 내 마음 나도 모르겠다는 뜻이야."

간호사가 얼굴을 찡그렸다.

지구가 확 폭발하는 마당에

현관 앞에 섰을 때 안에서 아빠 고함 소리와 도진이 우는 소리가 섞여 들렸다. 할머니가 귀띔해 준 거보다 상황은 더 심각했다.

"도진이가 하도 뭘 안 먹어서 니네 아빠가 햄버거를 사다 바쳤잖냐. 먹기 싫어도 그냥 받아 두면 좋았을 것을 안 먹는다고 네 아빠 손을 뿌리칠 거는 뭐람. 그 바람에 햄버거는 땅에 떨어졌고 그걸 하필 옆에 있던 네 엄마가 무심코 밟는 바람에 떡이 되었지. 상황이 그러면 조용히 입 다물고 있으면 좋았을 것을 이번에는 굶어 죽게 놔두라고 성질을 부렸잖니. 네 아빠가 꾹 참는 거 같은데 집안 분위기가 영 안 좋아. 하여간 도진이 그거 성질머리는 알아주어야 한다니까."

할머니에게 얻어들은 정보는 이 정도였고 모든 상황이 아빠가 참으면서 종료된 걸로 알고 있었는데 아니었다.

나는 조심스럽게 현관문을 열고 들어갔다. 무겁고 눅눅하고 그러면서도 살벌한 기운이 느껴지는 거실에는 아빠와 도진이가 마주 보고 서 있었고 엄마는 보이지 않았다.

"그래서! 그래서 불만이 뭐야? 나는 이제껏 너를 위해서라면 뭐든 다 해 주었다. 네 성질 다 받아 주었고 네 말이라면 벌벌 기면서 다 들어주었다고. 이번 일만 해도 그렇지. 네가 커닝하다 들켜서 일어난 일이야. 학원 원장 말로는 커닝하지 않아도 네 실력으로는 충분히 장학금을 받고도 남는다고 하는데 네가 허튼짓해서 쪽팔리는 장면 만들어 놓고 왜 그 화풀이를 나한테 하고 난리냐? 지구가 확 폭발해서 사라진다는 마당에."

거기에서 '지구가 확 폭발해서 사라진다는 마당에'라는 말은 왜 나오는지 모르겠다.

"커닝 안 했다고 몇 번이나 말해야 믿어? 그냥 책을 잠깐 봤을 뿐이라고."

"책을 잠깐 봤을 뿐이라고? 그걸 모두들 커닝이라고 말해, 몰랐니?"

"좋아. 그럼 커닝이라고 해 둬. 나는 뭐 그러고 싶어서 그런 줄 알아? 불안하니까 한 거라고. 혹시나 장학금을 못 타면 어떻게 하나 두렵고 무서웠다고. 아빠가 그걸 알아? 알긴 뭘 알겠어? 학원비 안 내니까 그것만 좋은 거겠지. 나도 지구가 확 폭발하니까 할 말 다 하는 거야."

도진이는 지지 않고 대들었다.

"이놈의 계집애가 오냐오냐했더니 어디다 대고 눈을 부릅뜨고 대들어? 장학금 제도는 생긴 지 이제 1년이야. 그전에는 한 달 2백이 넘는 학원비를 냈다고. 2백이 넘는 학원비에 네 용돈 대는 거 그거 쉬운 일 아니다. 네가 그걸 알아?"

그러자 도진이는 누가 학원 보내 달라고 했느냐고 따졌고 아빠는 소라동 학원에 가는 친구가 부럽다고 날이면 날마다 사람을 볶아 대던 거 잊었느냐고 맞섰다.

나는 누구 편도 들지 못하고 슬쩍 방으로 들어왔다. 도진이 말을 들으면 도진이가 불쌍하고 아빠 말을 들으면 아빠가 안타까웠다.

"도용이 너 이놈의 새끼, 이리 나와 봐."

방으로 들어와 방문을 살그머니 닫는데 아빠가 소리쳤다.

"저요?"

나는 고개만 내밀고 물었다.

"그럼 이 집에 도용이가 너 말고 또 누가 있어? 너는 어떻게 생각하냐? 도진이가 더 억울한 거 같냐, 아빠가 더 억울한 거 같냐? 지구가 폭발한다는 이 마당에."

거기에 왜 자꾸 지구가 폭발한다는 말이 들어가는지 모르겠지만 지구가 폭발하든 폭발하지 않든 내가 함부로 편들 수 없는 문제다.

"잘 모르겠는데요."

"한심한 놈. 네가 그러면 그렇지. 게으르고 나태하고 생각 없고 줏대 없는 놈."

가만히 앉아 있다가 뜨거운 물 뒤집어쓴 기분이었다.

"이 새끼야, 잘 생각해 봐."

아빠가 다시 말했다.

"잘 모르겠다니까요."

"이 새끼가 그런데 아빠 말을 뭘로 알아들어? 말을 해 보라고 말을! 네 생각을 말해 보라고."

아빠가 소리를 질렀다.

아까 거실 바닥을 치면서 울던 도진이 모습이 떠올랐다.

"꼭 말해야 하나요?"

"그래, 꼭 말해야 한다."

"도진이가…… 아니 뭐, 크기가 같아서 눈으로는 확인되지 않으나 저울을 사용하였을 때 약간의 차이가 날 수 있을 정도로…… 도진이가 약간, 그래요, 아주 약간…… 그걸 꼭 말로 표현할 수는 없지만 굳이 말로 표현하자면 도진이가 약간……."

차마 도진이가 억울하다는 말을 하지 못하며 아빠 눈치를 봤다. 아빠의 검은 눈썹이 서서히 꿈틀거렸다.

"아, 답답해. 도진이가 뭐? 약간 뭐? 억울하다는 거야, 억울하지 않다는 거야? 시원하게 말 못해?"

"억울하다는 거예요."

나는 시원하게 대답했다.

"뭐가?"

"예?"

"도진이가 뭐가 억울하냐고?"

오늘따라 정말 왜 이러는지 모르겠다. 언제부터 내 의사를 물어 봤다고. 지구가 폭발한다는 이 마당에 사람을 왜 이렇게 곤란하게 만드는지 모르겠다. 아빠는 말을 꺼냈으면 끝을 내라고 재촉했다.

"도진이는 공부만 하느라고 코인 노래방도 못 가 보고 아이돌 콘서트도 못 가 보고 영화도 못 보고."

나는 중얼거리듯 말했다.

"뭐라고 하는 거야? 크게 말 좀 해."

"도진이는 하루 4시간 이상 잠을 자 본 적 없다고요."

나는 소리를 빽 질렀다. 크게 말하라고 해서 크게 말했더니 아빠는 어디다 대고 소리를 지르냐고 화를 냈다.

"도진이만 하루 4시간 이상 못 잔 줄 알아? 나도 마찬가지야. 경기도 안 좋아 일거리는 자꾸 줄어드는데 어떻게 하면 뒷바라지 잘할 수 있을까 고민하느라 밤을 하얗게 새운 날도 많아. 그게 그렇게도 억울해?"

아빠가 도진이를 행해 소리쳤다.

"나는 단 한 번도 마음 놓고 놀아 보지 못했어."

"여기 이놈처럼 한심한 놈들 몇 빼놓고는 다른 아이들도 다 똑

같아."

아빠 손가락이 정확하게 내 이마를 향했다.

"친한 친구 생일잔치에 가서도 끝까지 있어 본 적이 단 한 번도 없었어."

"생일잔치라는 것이 다 그렇고 그런 건데 뭐 하러 시간 낭비해?"

"단 한 번도 편안하게 다리 뻗고 자 본 적 없어. 매일 새우처럼 구부리고 잤다고!"

"너 네가 그러는 게 꼭 나를 위해서 그랬던 거처럼 말하는데 말은 바로 하자. 그게 날 위해서야? 다 너를 위해서야. 네가 좋은 대학 가서 좋은 직업 갖고 평생을 편안하게 살면 네가 좋지 내가 좋니? 나는 그때 이미 죽어서 이 세상에 없다."

분위기는 점점 더 험악해졌다. 아빠가 주먹을 들어 올렸다. 그러자 도진이는 때릴 테면 때리라고 머리를 들이밀었다. 아빠 주먹이 도진이 머리를 향해 날아가는 순간 나는 중간에 끼어들어 내 머리로 아빠 주먹을 막았다. 눈앞에서 총천연색의 별이 쏟아져 내렸다. 그러더니 한순간 정신이 멍해졌다. 나는 누구인가, 내가 왜 여기에 있는가. 나는 잠시 눈을 감았다가 떴다. 안개가 걷히듯 서서히 정신이 맑아졌다.

도진이가 밖으로 뛰쳐나갔다.

"네 인생 네가 알아서 살아. 다시는 집에 들어올 생각하지 마!"

아빠는 닫히는 현관문을 향해 소리쳤다.

"아빠, 도진이는 학교에서 코피 터진 적도 있어요. 매일 입술도 터져 다니고."

어쩐지 이 말을 해야 할 거 같았다.

"너는 입 다물어. 우리가 이 고생하면서 사는 게 다 누구 때문인 줄 알아? 다 너 때문이야. 왜 싸움질하고 다녀서 아파트를 팔게 만들어? 그 아파트가 지금 얼마 나가는 줄 알아? 아이고야, 그 아파트만 팔지 않았으면 지금 가려운 데도 안 긁고 살아. 가려운 데를 힘들게 왜 내가 직접 긁어? 사람 사서 긁어 달라고 하지."

아빠는 허리에 손을 올리고 목소리를 높였다.

도진이가 나가고 난 뒤 기다렸다는 듯 베란다 유리문에 빗방울이 떨어졌다. 비는 점점 거세졌다.

얼마 뒤 엄마가 왔다. 엄마는 즉석밥과 라면, 그리고 생수를 잔뜩 사 왔다.

"무슨 일 있어?"

엄마는 집 안 공기가 심상치 않다는 걸 눈치채고 거실 한가운데 앉아 있는 아빠에게 물었다.

"도진이 가출했어."

"뭐?"

"이 사람이 귀가 먹었나? 도진이 가출했다고."

엄마가 나를 바라보며 무슨 말이야? 이런 눈빛을 보냈다. 나는 대답하지 않았다. 그걸 한 마디로 대답하기에는 너무 복잡하고 길었다. 그렇다고 아빠 말대로 가출이라고 말하기는 싫었다. 가출이라는 말은 어떤 형태로 쓰든 아름답게 들리지 않는다. 오늘 도진이에게 그런 말을 쓰기에는 적절하지 않았다.

"도진이랑 아빠랑 서로서로 억울하다고 말하다가 도진이가 잠깐 집에서 나갔어."

나는 자초지종을 말하려고 입을 뗐지만 그 길고 길었던 일을 요약하기는 힘들었다. 엄마는 아빠 옆에 앉아 이것저것 캐묻기 시작했다.

우산을 챙겨 들고 집에서 나오는데 도진이가 티셔츠 바람으로 나간 게 생각났다. 도로 들어가 도진이 점퍼를 챙겼다. 도진이 성격에 쉽게 집에 들어오지는 않을 거다. 목도리 같은 것도 챙겨 갔으면 좋겠는데 보이지 않았다. 그때 머릿속에 떠오른 고양이 모자! 나는 가방에서 고양이 모자를 꺼내 들고 밖으로 나왔다.

바람을 동반한 겨울비는 온 세상을 집어삼킬 정도로 세차게 내렸다. 어디에도 도진이는 없었다. 상가 구석구석 뒤지고 다녀도 보이지 않았다.

버스 정류장 의자에 앉아 있는 도진이를 발견한 것은 'D-day 11'이 지나고 막 'D-day 10'으로 접어들 때였다.

이제 열흘 남았다

도진이는 막무가내였다. 이러다 감기 걸리면 너만 손해라고, 아빠 몰래 들어가면 된다고 통사정해도 의자에 앉아 꼼짝도 하지 않았다. 내가 해 줄 수 있는 거라고는 점퍼를 걸쳐 주고 고양이 모자를 씌워 준 다음 도진이 옆에 앉아 있는 것뿐이었다. 그런데 내가 생각이 없기는 정말 없는가 보다. 도진이 옷을 챙기고 고양이 모자를 챙겨 오면서 왜 나는 티셔츠 바람으로 나왔는지 이해 불가다.

아랫니 윗니를 부딪치며 덜덜 떨고 있는데 도진이가 돌아봤다.

"바보 아니야? 왜 홀딱 벗고 나와서 덜덜 떨고 지랄이야."

아니, 홀딱 벗기는 누가? 남들이 들으면 내가 실오라기 하나 걸치지 않고 그야말로 발가벗고 나온 줄 알겠다. 그리고 저 때문에 이런 일이 발생했는데 바보라니, 그것도 아주 당당하게, 역시 하도진답다.

"왜 아빠 앞에서 내 편을 들고 그러냐? 보나 마나 미워 죽겠을 텐데."

도진이가 물었다.

밉기야 밉지. 어쩌다 쌍둥이로 태어나 같은 지붕 아래에서 열여섯 해를 살면서 도진이 너 때문에 얼마나 많은 자괴감에 빠졌고 너 때문에 억울하고 분한 일들이 얼마나 많았는데. 내가 성인군자도 아니고 그런 너를 미워하지 않을 수 없지. 하지만 나도 해 본 것을 못 해 본 똑똑한 도진이가 오늘은 불쌍하게 여겨졌다. 쌍둥이라서 그런 거로 해 두겠다.

"이 고양이 모자는 어디서 난 거냐?"

한참 뒤에 도진이가 물었다. 나는 아이파크 코인 노래방에서 노래를 하고 나오는데 어떤 놈이 내 손에 쥐어 주고 간 선물이라고 말했다. 도진이는 잠시 무슨 생각에 잠긴 듯하더니 '하긴 이런 모자 흔하지'라며 중얼거렸다.

"이런 모자 쓰고 다니는 아이와 알고 있냐?"

그냥 물어본 말이었다. 보나 마나 '너!'라고 대답할 거로 알고 물어본 말이었다.

"응. 안다."

어째 지난번하고는 분위기가 달랐다.

"나 말고?"

"응."

도진이는 당황스러울 정도로 순순히 대답했다.

"이건 이미 비밀도 아니야. 그리고 지구도 폭발한다는 마당에 비밀은 무슨 비밀. 너도 어느 정도 눈치챈 거 같더라. 나는 경찰에서 비밀로 수사하고 있다는 것도 알아. 말만 비밀수사지 그다지 비밀 같은 거 지키지도 않더라. 학원으로 찾아와서 하린이와 같은 학교에 다니냐고, 하린이에게 그런 일이 있었던 거 아냐고, 짐작이 가는 아이는 없냐고, 꼬치꼬치 묻더라고. 그런데 모든 사람들이 잘못 알고 있는 사실이 있어. 하린이는 봉변을 당할 뻔했다고 말했다 했어. 하린이가 말한 봉변이라는 것이 뭔지 자세히 알 수 없지만 내 부탁을 받은 그 아이는 하린이에게 내 말을 전달하고 정 안 되면 협박 정도 하려고 하린이를 만난 거야. 그 애가 말발이 끝내주거든. 그 아이가 말해서 넘어오지 않은 사람은 여태 아무도 없대. 걔네 할머니가 나중에 변호사가 되든 사기꾼이 되든 둘 중에 하나는 될 거라고 말했다 하더라. 나는 그 아이에게 얼마간의 용돈을 주기로 하고 부탁했어. 그런데 말 몇 마디 하는데 하린이가 소리를 질러 대서 그냥 도망쳤던 거지."

바람이 불며 빗줄기가 도진이와 내 얼굴을 세차게 때리고 지나갔다.

"그런데 왜 내가 고양이 모자를 보여 주었을 때 모른 척했어?"

"이런 고양이 모자는 흔하고 흔해. 그리고 네가 뭘 아는 눈치인데 공연히 아는 척할 필요 없잖아. 또 그 애가 아이파크 코인 노래방 앞인지 어디에서 너한테 모자를 주고 갔을 리도 없고 말이야."

빗줄기가 점점 거세지자 정류장 지붕 위로 빗물이 새기 시작했다. 그래도 도진이는 움직일 생각을 하지 않았다.

가로등 불빛이 빗물이 고여 있는 도로 위로 길게 누웠다. 불빛을 받은 젖은 도로는 유난히 찬란하게 빛났다. 마른 도로에서는 볼 수 없는 모습이었다.

“그런데 정말 억울하긴 해. 학원 원장님은 커닝이라고 말했고 아빠도 커닝이라고 표현했고 그래서 나도 덩달아 커닝이라는 말을 쓰고 있지만 말이야. 사실 나는 시험지를 펼쳐 들기 직전에 얼른 책을 펼쳐 본 거였거든. 어떤 것에 대해 생각하고 있었는데 갑자기 막힌 부분이 있어서. 만약 그 문제가 나오면 큰일이잖아. 한 문제로 장학금을 놓칠 수도 있는데. 그걸 하린이에게 들킨 거지. 시험지를 나눠 준 상태였고 이미 문제를 풀기 시작한 아이도 있었으니까 커닝이라고 몰아붙여도 할 말은 없지만 나도 나름 억울해.”

나는 도진이를 바라봤다. 도진이 말이 사실이라면 정말 억울할 일이다.

“하린이한테 사실대로 말했어?”

“당연히 했지.”

“그런데 안 믿어 줘?”

“믿어 줄 마음이 없었던 것일 수도 있어. 하린이와 나 사이에 그럴 일이 있었거든.”

그럴 일? 그건 또 뭐냐?

"감기 걸리겠다, 집에 가자. 아빠도 지금쯤 잠들었을 테고."

도진이가 일어났다.

"괜찮다. 춥긴 추워도 참을 만해."

나는 하린이와 다른 무슨 일이 있었는지 듣고 싶었다.

"너 말고 내가 감기 걸리겠다고."

도진이는 앞장서서 걸어갔다. 구스점퍼에 고양이 모자까지 써 놓고 춥긴 뭐가 춥다고.

엄마 아빠는 거실에 앉아 있었다. 나와 도진이가 들어가자 아빠는 별말 없이 안방으로 들어갔고 엄마는 마른 수건을 내게 던져 주고 들어갔다.

도진이와 하린이 사이에 또 어떤 문제가 얽혀 있는지 궁금해하다 잠이 들었다. 눈을 떴을 때는 시간이 이미 10시를 넘어섰고 엄마에게 문자가 와 있었다.

—엄마 아빠는 오늘 병원에 있을 거야. 나중에 할머니가 들어가실 거야.

오늘 출근을 하지 않았다는 말이다. 어지간해서는 절대 쉬는 일이 없는 엄마와 아빠다. 배추벌레가 배추를 갉아 먹듯 일을 갉아먹는 벌레처럼 일만 하던 엄마 아빠였다. 그런데 출근하지 않았다는 말은 디데이 그날이 온다는 것을 이제 믿는다는 증거다. 잠에서 막 깨어나 느슨했던 마음이 한순간 팽팽해졌다. 엄마 아빠가 확실히 믿을 정도면 진짜 그날이 오는 거구나.

도진이는 이불을 머리끝까지 뒤집어쓰고 자고 있었다. 도진이가 이렇게 오래 자는 거는 처음 봤다. 깨울까 하다가 그만두었다.

컵라면을 먹고 있는데 할머니가 왔다. 지칠 대로 지쳐 얼굴색이 새까맣게 타들어 간 할머니는 집에 들어오자마자 소파에 누웠다.

"할아버지는요?"

"그저 그래. 그나저나 퇴원을 해야 하나 어쩌나."

"퇴원이요? 산소호흡기를 꽂고 있는데 퇴원할 수 있어요?"

"병원도 아주 어수선해서 말이다. 퇴원하는 사람도 많고 간호사하고 의사들도 제대로 출근들을 안 하고 있는지 심란해. 정말 다들 한날한시에 죽게 되는 건지, 원. 그런 말도 안 되는 일을 어떻게 믿으라고. 나는 당최 믿을 수가 없단 말이지. 아이고 차아아암……."

할머니 말이 점점 느려지나 싶더니 곧 코고는 소리가 들렸다.

집 안으로 들어오는 햇살은 밝고 따뜻했다. 언제 비가 왔느냐는 듯 파랗게 펼쳐진 하늘은 마치 가을 하늘 같았다.

실시간 검색어 1위. 'D-day 10'이라는 말이 믿어지지 않을 정도로, 아니 믿고 싶지 않을 정도로 평화로운 오전이었다.

12시가 조금 넘어서 도진이가 일어났다.

도진이는 소파에 누워 코를 골며 자고 있는 할머니를 힐끗 보더니 방으로 들어가 점퍼를 들고 나왔다.

"어디 가려고?"

"알아서 뭐 할래?"

도진이가 쏘아붙였다.

기가 찼다. 너는 내가 어제 한 일을 그새 잊어버렸냐? 아빠 앞에서 네 편을 들어주다 주먹으로 얻어맞았고 비 내리는 추운 겨울밤에 너를 찾아 돌아다녔고 오들오들 떨면서 네 말을 들어주었다고. 무슨 치매 환자도 아니고 몇 시간 만에 그걸 까맣게 잊어버렸냐, 이 싸가지야. 그래, 나가라, 나가. 어딜 가거나 말거나 네 마음대로 해라. 하긴 네가 갈 데가 어디 있겠냐? 학교와 학원만 쳇바퀴 돌 듯 돌던 다람쥐가 학원도 학교도 갈 수 없는 지금 나가 봤자 10분 안에 도로 들어온다. 10분 안에 들어오지 않으면 내 손에 장을 지진다.

"야."

현관문을 열고 나가던 도진이가 돌아봤다.

"떡볶이 세트 매운 거로 사 올까? 단맛으로 사 올까?"

뭐야, 떡볶이 사러 가는 길이었어? 그럼 그렇다고 말을 하지. 나는 1초도 망설이지 않고 매운맛이라고 말했다. 김말이 추가라고 말하는 것도 잊지 않았다. 참 세상 오래 살고 볼 일이다. 도진이가 자진해서 나에게 먹을 것을 사 주겠다고 하다니.

도진이는 얼마 지나지 않아 돌아왔다. 빈손이었다.

"떡볶이 가게 문 닫았어. 떡볶이 가게 옆 건물에 있는 피자집도 문 닫았고. 거리 분위기가 어제하고 많이 달라."

도진이는 휴대폰을 꺼내 들었다.

"오늘이 디데이 10일이네. 언제 이렇게 시간이 간 거야?"

도진이가 중얼거렸다.

도진이 말을 듣는데 민구가 떠올랐다. 뭐 하느라고 이렇게 조용한지 모르겠다. 절에 가서 극락왕생을 비는 등은 달았나? 달고 왔으면 달고 왔다고 문자를 보낼 텐데, 민구한테 문자를 보내려는데 도진이가 텔레비전을 켰다. 분위기는 거리 분위기만 바뀐 게 아니었다. 텔레비전 분위기도 완전히 달라져 있었다. 과학자들은 온데간데없고 심리학자라는 사람들이 나와서 이야기를 하고 있었다.

똑같은 상황이라고 하더라도 마음먹기에 따라서 다르게 다가오는 거잖아요? 그거 다들 알고 계시죠? 그렇다면 지금 우리는 어떤 마음가짐을 가져야 할까요? 자신의 자리에서 자신이 지나온 자취를 되새겨 보자고요? 아아, 좋아요. 그것도 나쁘지 않아요. 하지만 이제 열흘 남은 시간을 어떻게 보낼 것인가 그걸 고민하는 게 좋겠어요. 오늘이 되어서야 비로소 느끼는 거 다들 있으시죠? 돈, 명예 그거 아무것도 아니에요. 보세요, 열흘 뒤에 그거 가지고 갈 수 없어요. 얼마 남지 않은 시간 뼈 빠지게 고생해서 번 돈과 명예 어떻게 가져갈 수 없을까 고민하지 마시고 그걸 또 억울해하지 마시고 열흘을 잘 쓰는 게 현명하지요. 열흘을 10년처럼 쓰자 이 말씀이에요. 행

복하게요, 아주 행복한 마음이 들도록 말이에요. 오늘이 디데이 10일인데요, 내일은 오늘보다 더 빨리 갈 테고 모레는 내일보다 더 빨리 갈 거예요. 그리고 눈 깜짝할 사이에 열흘이 지나 있을 거예요.

대충 이런 말이었다. 어떻게 해야 행복하게 열흘을 보낼 수 있는 건지 그 방법을 알려 주면 더 좋을 텐데. 나는 우리 가족을 떠올렸다. 이제 지구의 종말은 열흘 남았다는데 모두 행복과는 거리가 멀었다.

모두 서툴렀다

"뭘 하자고요?"

나는 라면 국물에 밥을 말아 먹다 숟가락질을 멈추고 아빠를 바라봤다.

"아따 이 새끼 귀가 먹었…… 아니지, 내가 왜 이러지. 이러지 말자고 다짐했는데. 아, 그러니까 가족끼리 대화도 좀 나눠 보고 가족끼리 힘을 합해 맛있는 요리도 좀 해서 먹고 하자는 말이지. 그 맛없는 라면 먹지 말고 어서 들어가서 도진이 데리고 나와."

난데없이 대화라니, 가족끼리 힘을 합해 맛있는 요리를 해 먹자니. 나는 숟가락을 입에 문 채 아빠를 바라봤다.

"어제 병원에서 텔레비전 보니까 뭔가 행복한 마음이 들도록 시간을 보내라고 해서 그러는 거야. 아빠도 엄청 심사숙고 끝에 생각해 낸 거지."

엄마가 말했다.

나는 자고 있는 도진이를 깨워 데리고 나왔다. 공부 말고는 해 본 적 없는 도진이는 잠만 잤다. 뭘 해야 하나? 이러고 고민하는 거 같은데 돌아보면 자고 있었다.

도진이는 하품을 하며 거실 바닥에 앉았다.

"대화 좀 나눠 보자."

아빠는 대화하기 좋게 앉자면서 빙 둘러앉게 했다. 넷이서 빙 둘러앉기는 앉았는데 할 말이 없었다.

"무슨 말이라도 해 봐."

아빠가 말했다.

"뭔 대화? 대화가 앉아 있으면 나오는 거니?"

도진이가 나에게 물었다. 엊그제 그 일 때문에 아빠와 말하기 싫은 모양이었다. 그렇게 치면 나는 아빠와 이렇게 마주 앉아 있는 거조차 싫어해야 한다. 주먹으로 얻어맞은 눈두덩이는 아직도 얼얼하다. 아빠는 아빠대로 10일을 잘 지내보자는 뜻에서 하는 말인데 협조해 주는 척이라도 하면 좀 좋아. 어제 심리학자가 하는 말 같이 들었으면서.

"도진아. 학원 커닝 말이야."

아빠가 커닝 얘기를 꺼냈다. 대화를 하자고 해 놓고 무슨 말을 해야 하는 건지 알 수 없어서 답답하긴 답답하겠지. 하지만 아무리 할 말이 없어도 그렇지 하필이면 그 말을 대화거리로 꺼내다니. 아니나 다를까, 도진이 얼굴색이 변했다. 아빠도 도진이 얼굴을 보고 아차 싶었는지 어깨를 움찔거리며 더는 말하지 않았다.

"할아버지는 어떠세요?"

내가 할아버지 이야기를 꺼냈다.

"똑같지 뭐."

아빠가 대답했다. 그러고 끝이었다. 거실은 부담스러울 정도로 고요했다.

"당신이 무슨 얘기를 좀 해 봐."

잠시 뒤 아빠가 엄마 옆구리를 쳤다.

"무슨 말을 해? 뭐 만들어 먹는 거부터 하자. 대화는 나중에 하고. 배도 고프고 점심 먹을 때도 지났고."

"그럴까?"

아빠 얼굴이 환해졌다.

아빠는 밥 종류를 먹어야 좋을 거 같다면서 볶음밥을 해 먹자고 했고 엄마는 좋은 생각이라면서 냉동실을 뒤져 새우를 찾아냈다. 나는 볶음밥보다 비빔밥이 더 먹고 싶었지만 아무 말도 하지 않았다. 어차피 배 속에 들어가면 다 똑같은 거다. 엄마가 새우볶음밥에 넣을 당근을 비롯해 갖은 채소를 찾아내서 다듬고 씻었다. 같이 요리하자던 아빠는 주머니에 손을 넣고 주방을 어슬렁어슬렁 걸어 다녔다.

"도용이가 채소 좀 잘게 썰어."

그저 만만한 게 나다. 나는 도마와 칼을 꺼냈다.

"나는 매운 떡볶이 먹고 싶어."

당근과 양파를 잘게 썰고 감자를 썰려는 찰나 도진이가 말했다. 엄마는 부아가 치미는 얼굴로 무슨 말인가 하려다 꿀꺽 삼키고 냉장고를 뒤졌다. 하지만 떡볶이 재료는 없었다.

"나는 안 먹을래."

도진이가 방으로 들어가 버렸다.

가족 간에 대화도 하고 맛있는 요리도 만들어 먹자는 아빠의 계획은 그렇게 끝났다. 아빠는 볶음밥 먹을 마음이 싹 사라졌다면서 방으로 들어갔고 엄마와 나만 둘이 새우볶음밥을 만들어 먹었다.

"도둑질도 손발이 맞아야 해 먹는 법이야. 손발을 맞추려면 시간도 필요하고. 생전 안 하던 짓을 하려니 서툴러서 제대로 되겠니?"

엄마 말대로 아빠도 엄마도 그리고 나도 도진이도 서투르다. 어떻게 해야 할지 모른다. 그동안 아빠와 도진이 사이가 친하다고 믿었던 것은 착각이었다. 아빠와 도진이는 친한 게 아니었다. 아빠는 공부 잘하는 도진이가 좋아서 무한 후원해 주었던 거다. 그것과 친한 거는 다르다. 도진이는 아빠가 원하는 것을 했기 때문에 아빠에게 원하는 것을 뭐든 얻어 내려고 했다. 그것 또한 친한 것과는 거리가 있다. 각자의 자리에서 각자가 원하는 것을 추구했다. 그걸 얻어 내면 거기에 맞는 대가를 지불했다. 지금 돌아보니 아빠와 도진이의 관계는 그런 관계가 아니었나 싶다.

엄마와 도진이 사이는 '무덤덤'이라는 말이 가장 잘 어울린다. 엄마는 나와 도진이를 낳고 나서 두 달 만에 할머니에게 맡기고 일을 계속했다. 엄마는 자신의 일에는 성실했고 능력도 있다. 경제가 어렵다고 문 닫는 가게가 숱하게 생겨도 엄마 가게는 언제나 탄탄했다. 엄마는 엄마가 번 돈을 아빠에게 모두 맡기고 나와 도진이 교육도 아빠가 알아서 하라고 했다. 그러고 보니 엄마와 도진이 사이뿐 아니라 나와 엄마 사이도 무덤덤 그 자체다.

새우볶음밥을 먹고 나서 엄마도 방으로 들어갔다.

—뭐 하냐?

나는 민구에게 문자를 보냈다. 아무리 기다려도 답 문자가 오지 않았다. 나는 전화를 걸었다.

"응, 도용아."

"너 왜 이렇게 조용하냐? 등은 달았냐? 내 등도 달아 줬어? 나도 극락왕생할 수 있는 거냐?"

"응, 달았어. 그런데 도용아. 내가 지금 무지하게 바쁘거든. 내가 나중에 전화할게."

뭐 하느라고 무지하게 바쁘냐고 물으려는데 민구는 전화를 뚝 끊어 버렸다.

"아 진짜 뭐 이런 새끼가 다 있어?"

나는 다시 전화를 했다.

"왜에? 바쁘다니까."

민구는 짜증을 부렸다. 그러더니 조금 있다 전화를 하겠다 말하고 또 먼저 끊어 버렸다.

할 일이 없었다. 지구가 폭발하여 우주에서 사라지는 지구 최후의 날은 이제 9일 남았는데 할 일이 없었다.

실시간 검색어에는 심리학자 이름과 남은 시간을 어떻게 보내면 좋을지 예시들이 들어가 있었다. 문득 인터넷은 언제까지 될지 궁금해졌다. 인터넷이 끊어지는 순간이 온다는 상상만으로도 소름이 돋게 무서웠다. 인터넷이 정지하면 G1 행성이 오기도 전에 세상은 극도의 공포로 휩싸일 거다. 인터넷은 사람들의 귀이고 눈이고 입이다.

휴대폰을 뚫어져라 쳐다보는데 민구에게 전화가 왔다.

"뭐 하느라고 바쁜데? 혹시 니네 집도 대화 같은 거 하고 가족이 같이 힘 합해서 요리해 먹고 그러냐?"

"뭔 소리야? 그게 아니라 뭣 좀 하느라고. 그렇지 않아도 그거 다 하고 나면 너한테 전화하려고 했어. 등은 잘 달고 왔다. 우리 엄마가 아주 비싼 거로 달았어. 내가 다음 생에서도 너를 꼭 만나야 한다고 강조했거든."

"비싼 등 달면 만날 확률이 높은 거냐?"

"그건 잘 모르겠는데 아마 그렇지 않을까? 그건 그렇고 도용아, 아이파크 가자. 라면 쏜다. 아니면 타코야키."

미치지 않고서야 금쪽같은 시간을 노래나 부르면서 보내고 싶냐고 말하려다 딱히 할 일도 없고 해서 그러자고 했다.

늘 사람들로 붐비던 경호대 앞은 한가하다 못해 을씨년스럽기까지 했다. 문을 닫은 가게도 많았다. 하지만 타코야키 아줌마는 위풍당당 타코야키를 굽고 있었다. 얼굴 표정에서 어떤 동요 같은 것도 찾을 수 없었다.

"아줌마는 아직도 지구의 최후는 오지 않는다고 믿으세요?"

"그럼. 내가 그 말에 또 속을 줄 알고."

타코야키 아줌마는 1초도 망설이지 않고 대답했다.

그런 날은 절대 오지 않을 거라고 철석같이 믿다가 그날을 맞는 것보다 심리학자의 말대로 남은 시간을 특별하게 보내는 게 더 나을 텐데, 그런 말을 해 주고 싶어도 콧방귀를 뀔 거 같아 그만두었다.

민구는 진지했다. 노래 한 소절 한 소절 최선을 다해 불렀다. 얼마나 진지하게 최선을 다해 부르는지 경건한 마음이 들 정도였다.

"아, 박자를 조금 놓쳤다. 도용아, '돌아와요, 어서' 이 부분에서 음정이 좀 흔들렸지?"

무슨 노래 시험을 치르러 가는 놈처럼 박자 하나, 음정 하나에 목숨을 걸었다.

"그냥 대충 불러라. 신나게 부르라고."

나는 바구니에 있는 빨간색 가발을 민구에게 씌워 주고 탬버린을 손에 쥐여 주었다. 민구는 가발을 벗어 던지고 탬버린도 내던졌다. 그러더니 또 음정 박자 따져 가며 노래를 불렀다. 하도 음정 박자에 신경을 쓰니까 잘 부르던 노래가 더 이상하게 들렸다.

"아아아아 진짜 왜 이렇게 안 되지?"

민구는 제 머리를 쥐어뜯었다. 뭔가 있다. 분명히 이유가 있다. 나는 이유를 물었다. 처음에는 아무것도 아니라고, 노래를 제대로 한 번 불러 보고 싶어서 그런 거라고 민구는 온갖 핑계를 다 대가며 발뺌을 했다. 하지만 내가 누구냐. 집안에서 온갖 설움 다 받아 가면서도 꿋꿋하게 먹을 거 다 얻어먹고 사는 하도용이다. 내가 배가 좀 나오고 살이 쪄서 미련스럽게 보일 수는 있으나 그건 외적으로 봤을 때고 눈치 하나는 끝내준다. 설움과 구박을 받아 가면서도 아무렇지 않은 듯 먹을 것을 얻어 내는 거 그거 아무나 못한다. 남들은 내가 눈치도 없는 놈인 줄 알지만 나도 눈치는 꽤 있는 편이다. 나는 어서 솔직히 말하라고 민구를 달달 볶았다.

"진짜 비밀로 하려고 했는데. 정말 말 안 하려고 했는데. 사실은 있지."

민구는 잠깐 말을 멈추고 아랫입술을 질겅질겅 씹었다.

"사실은 오디션에 나가게 되었거든. 저번에 서류 넣은 곳에서 오라고 해서 오늘 오전에 가서 예선하고 왔어. 백 명 중 20명 뽑는데 붙었어. 원래는 7백 명이 지원했는데 디데이가 다가와서 그런지 포기하는 아이들이 생긴 거래. 3일 뒤에 20명 중 10명을 뽑아."

"아이돌 꿈 포기했다며?"

"포기하려고 했지. 그런데 너 때문에 다시 시작한 거지."

"나?"

기가 찬다, 기가 차. 포기한다고 큰소리쳐 놓고 제가 한 약속을 지키지 못하니까 쪽팔리는 거는 알겠다. 그래도 그렇지 어디다 나를 갖다 붙여. 나는 민구에게 포기하지 말라고 단 한 마디도 한 적 없다. 지구가 사라진다고 하니까 누구는 나 때문에 공부한다고 하고 누구는 나 때문에 노래를 포기하지 않는다고 했다. 죄다 나 때문이란다. 만만하다 이거지.

"도용이 네가 그랬잖아. 짧은 날들이라도 특별한 시간을 만들 수 있다고."

"내가?"

내가 그렇게 멋진 말을 했다고? 기억에 없었다.

"내가 포기한다고 마지막으로 노래나 실컷 부르자고 아이파크에 왔던 날, 노래를 부르고 나서 라면 먹으면서 네가 그랬잖아. 토토와 가장 좋았던 시간은 토토가 죽기 직전 얼마 안 되는 시간이었다고. 그 얼마 안 되는 시간이 15년 살아온 날들보다 더 특별했고 지금도 가장 기억에 남는다고. 어차피 토토가 죽을 거를 알고 포기했다면 그날들을 얻지 못했을 거라고."

아, 맞다. 그랬다.

"그날 절대 포기하지 말아야겠다고 결심했어. 나도 특별한 시간을 만들고 싶어. 거위가 끝까지 날지 못한다고 해도 날아오르는 꿈을 꾸는 거는 상관없잖아?"

내가 하는 말을 듣고 결심한 거라니까 더 이상 할 말이 없었다.

"3일 뒤에 10명에 뽑히면 그다음은?"

"10명이 본선에 나가서 그중에 3명을 뽑아. 7백 명이 다 왔으면 몇 번에 걸쳐서 예선을 할 텐데 확 줄어든 거지. 일단 연습생이기는 하지만 가수가 되는 거야."

민구 목소리는 들떠 있었다. 그래, 정 그렇게 마음먹은 거 가수나 되어 보고 죽는 것도 나쁘지는 않겠다. 뭐 민구 말처럼 유전자가 변이할 가능성은 충분히 있는 거고 그 유전자 변이라는 것이 꼭 세월이 무지하게 흐른 다음에 이루어진다는 법은 없다. 당장 될 수도 있는 거다. 할 일도 없는데 민구 네가 폭발적 성량으로 유전자 변이가 되도록 빌어 주마.

"본선은 언제냐?"

"......"

"본선은 언제냐고?"

"본선은 생방송으로 나가는 거라서 일정을 바꿀 수가 없대. 앞으로 25일 뒤."

"에라, 미친놈아."

나는 민구 머리통을 쥐어박았다.

"본선이 디데이보다 훨씬 뒤에 있네. 디데이가 올 확률 99퍼센트. 아니다. 그럴 경우 백 퍼센트라고 본댔지. 앞으로 9일 뒤에 지구는 백 퍼센트 우주에서 사라져. 그런데 25일 뒤를 보고 지금 노래 연습하자는 거냐? 그럴 시간 있으면 남은 시간을 정말 특별하게 보낼 거를 찾아봐. 집에 가자."

나는 자리를 박차고 일어났다.

"나한테는 이거보다 특별한 거 없어. 나는 아이돌이 되지 않아도 상관없어. 가수가 못 돼도 좋다고. 물론 된다면 더 좋겠지만 상관하지 않아. 나는 그냥 내가 하고 싶은 거, 내가 하고 싶었던 거를 계속하고 싶은 거라고. 그게 내가 남은 9일 동안 할 일이야."

민구 표정은 단단해 보였다.

"내가 특별한 날들을 만들 수 있도록 응원해 줘. 너는 내 하나밖에 없는 친구잖아."

민구가 이렇게 진지하게 부탁하는 것도 처음이었다. 나는 민구가 원하는 특별한 날들이 민구에게 오기를 응원하기로 마음먹었다.

각자의 특별한 일

이틀 동안 민구는 아이파크에 가서 목이 터져라 노래 연습을 했다. 유전자 변이를 빌어 줬는데 그게 그렇게 쉽게 일어나는 게 아니었다. 20명 중 10명이 포기하고 10명만 온다면 모를까, 민구가 본선에 나간다는 것은 어려운 일이었다.

민구도 자신의 실력이 그저 그렇다는 것을 알고 있는지 스스로를 위로하듯 말했다.

"노래는 소울도 중요하거든. 나보고 소울이라면 타의 추종을 불허한다고 네가 그랬잖아."

소울이 중요하긴 하지. 나는 심사위원이 누구냐에 따라 달라질 거라고 용기를 잃지 말라고 민구를 응원했다.

내일 예선은 공개로 한다고 했다. 누구든 구경하고 싶으면 가도 된다면서 같이 가자고 했다. 우리는 오전 10시에 버스 정류장에서 만나기로 하고 헤어졌다.

도진이는 베란다에 앉아 빨래를 하고 있었다. 세탁기는 두었다가 뭐에 쓰려고 쪼그려 앉아 온갖 청승을 다 떨어 가며 셔츠도 빨고 운동화와 실내화도 빨았다. 생전 하지 않던 짓을 디데이 며칠 앞두고 하고 있다. 도진이가 저 실내화를 다시 신을 일이 있을까. 깨끗하게 세탁되어 햇볕과 바람에 보송보송 말려 다시 한 번 신을 날이 올 수 있을까. 교복 셔츠도 다시 입을 수 있을까. 어떤 마음으로 저러고 있는지 도무지 알 수가 없었다.

"내일 나랑 어디 갈래?"

"싫다."

도진이는 어디에 가느냐고 물어보지도 않은 채 단박에 거절했다.

"어디 가느냐고 안 물어봐?"

"물어보고 싶지 않아. 하나도 안 궁금하거든. 그리고 내일은 가방도 빨고 교복도 빨 거야."

어쩌면 자신이 쓰던 물건을 깨끗하게 만드는 일이 도진이가 계획한 특별한 일일지도 모른다는 생각이 들었다. 하지만 그건 모레 해도 되고 그다음 날 해도 된다. 그렇다고 해서 안 가면 후회한다고 꼭 가자고 매달리는 뉘앙스를 보여 주면 안 된다. 그런 짓은 도진이 속, 어딘가에 도사리고 있는 청개구리 심보를 자극하는 일이다.

"관두던가. 아참 뒷베란다 창고에 보면 새 세제 있다. 그거 써라. 할아버지가 저번에 사 오신 건데 유기농이란다."

"미친놈아, 세제가 유기농이 어디 있어?"

"나도 모르지. 세제를 팔던 그 못된 악당들이 노인들을 그런 식으로 속여 먹었겠지. 유기농 하면 무조건 좋은 거로 아니까. 그 인간들은 지금 어디에서 뭔 짓을 하고 있는지 무지하게 궁금하다. 지금도 어느 아파트 노인정에 가서 온돌장판도 유기농이라고 뻥치며 팔고 있는 거는 아닌지 모르겠다. 지구 폭발을 앞두고 있어도 그런 놈들은 절대 그 버릇 못 고칠 거다."

말을 하다 보니 진짜 나쁜 놈들이다.

"엄마 아빠는 병원에 가셨나 보네. 아이고, 라면이나 끓여 먹어야겠다. 너도 하나 끓여 줘?"

나는 기지개를 켜며 돌아섰다.

"야."

거실로 들어가는데 도진이가 불러 세웠다.

"내일 뭐? 내일 어디 가자고?"

"하나도 안 궁금하다며? 그리고 내일은 가방하고 교복 빤다며?"

"내가 생각이 바뀌었거든. 셔츠 빠는 김에 교복도 지금 한꺼번에 빨아 버리려고. 가방도 후딱 빨아 버리지 뭐."

어딘지 몰라도 궁금하다고 알려 달라고 말하면 자존심에 상처라도 날까 봐 그러는 건지 도진이는 둘러댔다.

"아이돌 보러 가려고."

"아이돌? 아이돌 누구? 성호 콘서트? 미두리 콘서트?"

도진이 눈이 반짝 빛났다. 제법이다. 공부하느라고 아이돌 이름

같은 거는 모를 거라고 여겼는데 가장 인기 있는 아이돌 그룹을 알고 있다니.

"아니. 그렇게 인기 있는 아이돌은 아니고 또 콘서트라고 말하기도 좀 그렇고. 뭐라고 해야 하나, 화려한 콘서트를 앞둔 연습이라고 말해야 하나. 아무튼 아이돌이야."

아주 거짓말은 아니다. 20명 중 10명이 뽑힐 테고 그중 3명은 아이돌이 될 거다. 그날이 오기 전에 지구가 사라지는 게 문제긴 하지만.

"시시한 아이돌이면 별론데. 그래도 뭐 도용이 네 성의를 생각해서 가 주마."

그냥 간다고 하면 품격이 떨어지기를 하나 하여간 말 돌려 하는 거는 알아주어야 한다.

나는 민구에게 문자를 보내 오디션이 열리는 장소를 묻고 11시까지 그쪽으로 직접 가겠다고 했다. 도진이와 같이 간다는 말은 하지 않았다. 그러면 민구가 싫어할 거다. 민구는 도진이를 싫어한다. 1학년 때 견학을 가는 날이었다. 그때는 내가 민구와 친해지기 전이었는데 민구는 버스 맨 뒤 구석 자리에 혼자 앉아 있었다. 선생님이 그런 민구를 보고 안타까운 마음이 들었는지 앞으로 나와 선생님 옆자리에 앉으라고 했다. 그런데 민구는 선생님이 부르는 소리를 못 들었는지 아니면 듣고도 모른 척한 건지 꼼짝도 하지 않았다. 그때 도진이가 민구에게 소리쳤다.

"야, 왕따. 선생님이 부르잖아."

그때 민구가 얼마나 당황했을까. 제가 왕따라는 것을 알고는 있지만 선생님이 보는 앞에서 왕따라고 불렸으니. 그날 선생님은 견학 장소에 도착할 때까지 왕따라는 것은 우리 반에 존재할 수 없다고 앞으로 민구를 왕따시키는 일은 절대 하지 말라고 일장 연설을 했다. 민구를 집중적으로 따돌렸던 무리들은 고개를 숙이고 반성의 포즈를 취하기는 했지만 그 아이들이 진심으로 반성한다고 믿는 아이들은 아무도 없었다. 어쩌면 그 일 때문에 민구는 더 처절하게 따돌림을 당할 거라고 믿어 의심치 않았을 거다.

그날이었다. 내가 민구에게 다가간 날은. 나는 도진이 때문에 더 곤란해진 민구를 그냥 지나칠 수 없었다. 버스 구석 자리에 앉아 내내 두려움에 떨고 있는 민구를 모른 체할 수 없었다. 그날 내 눈에 비친 민구는 비록 날지는 못하나 큰 몸집을 가진 거위가 아니었다. 날개가 꺾이고 비에 젖은 가련하고 작은 새였다.

나는 견학 장소에서 내내 민구 옆에 붙어 다녔다. 아빠 말을 빌리자면 게으르고 나태하고 꿈도 없고 뭐를 열심히 해 보겠다는 생각조차 없는 한심한 놈에, 도진이 말을 빌리자면 굶주린 돼지처럼 매일 처먹는 거에만 눈이 벌게진 놈이지만 반에서 어깨에 힘깨나 주고 다니는 아이들도 나를 건들지는 못했다. 그런 무리들은 학교는 달라도 서로 정보를 교환하며 공유하는지 내가 소라동에서 유명했던 짱이라는 소문은 중학교에 와서도 늘 따라다녔다. 게다가 그 무리에서 손을 씻으려고 나오긴 나왔으나 더러운 성질을 내재하고 있는 잠자는 호랑이니 함부로 건드리지 말라는 소문까지 떠돌았다. 어쨌거나 내가 민구에게 손을 내밀면서 민구 인생은 그다음 날부터 활짝 폈다. 누구도 민구를 건드리지 못했다.

"이게 뭐냐?"

나는 도진이가 들고 있는 피켓을 보자 어이가 없기도 하고 기가 차기도 했다.

오빠 사랑해 **오빠 내 거!**

도대체 얼굴이 뜨거워서 함부로 읽을 수 없는 문구였다. 밖으로 표출하지 않아서 그렇지, 전교 1등과 학원 장학금이라는 그림자에 가려져 있었을 뿐, 도진이에게도 열여섯 살 뜨거운 피가 흐르고 있었다.

"아, 쪽팔려. 버스랑 지하철 타고 갈 거거든. 아무도 못 보게 돌돌 잘 말아라. 쪽팔려서 같이 다닐 수가 없어."

도진이가 가방을 메고 있다는 것을 안 것은 버스에서 내려 지하철로 환승했을 때였다. 나는 도진이 가방 지퍼를 열어 봤다. 텅 비어 있었다. 빈 가방을 뭐 하러 메고 다니는지 이해할 수가 없었다.

"습관이 돼서 그래. 가방을 메지 않으면 어깨가 허전해. 불안하기도 하고. 어제 빨아서 건조까지 싹 해서 아주 보송보송하게 말렸다."

도진이가 피식 웃으며 말했다.

지하철에서 내렸을 때 나는 도진이 가방을 낚아챘다. 그리고 보란 듯 쓰레기통에 던져 버렸다. 도진이는 팔팔 뛰었다. 아빠가 기말고사 잘 봤다고 이번에 새로 사 준 가방이라고 했다. 도진이가 가방값을 말할 때 나는 가방을 도로 꺼내 오고 싶은 충동이 일어날 정도로 놀랐다. 뭔 가방값이 그렇게 비싸? 내 1년 용돈과 맞먹었다. 하지만 그 충동은 곧 사라졌다.

"뭐 또 필요할 일은 없겠지."

도진이가 중얼거렸다.

지하철에서 오디션 장소까지는 걸어서 5분 정도 걸렸다. 작은 규모의 오디션 장소에 도착하자 도진이는 기대했던 것과는 달라도 너무 많이 다른지 실망하는 기색이 역력했다. 도진이는 콘서트는 아니더라도 최고의 인기 가도를 달리는 아이돌의 연습장은 아니더라도 '아이돌!'이라고 불리는 가수들의 열정적인 연습 장면을 상상한 모양이었다. 오만 가지 생각이 스쳐 가는 듯 복잡한 표정으로 입구에 서 있던 도진이가 스스로를 위로하듯 말했다.

"하긴 오디션 볼 때 가장 뛰어난 실력이 나온다는 말은 어디서 들은 거 같다. 정작 가수가 되고 나면 그전의 실력은 간 곳이 없는 경우가 많대."

그러고는 피켓을 펼까 말까 망설이더니 어느 순간 결심을 굳힌 듯 피켓을 활짝 폈다.

도진이 표정은 오디션장에 들어가 민구를 보는 순간 다시 굳어졌다.

"쟤는 뭐니? 설마 쟤가 오디션 보러 온 거는 아니겠지?"

"아마 맞을걸! 오디션 보러 왔으니까 저 앞에 앉아 있겠지."

"쟤 노래도 해? 쟤가 나올 정도면 이 오디션의 수준도 알겠다, 알겠어."

도진이는 의자에 앉으며 펼쳤던 피켓을 도로 돌돌 말았다.

의자에 깊숙이 몸을 기대고 시큰둥하던 도진이는 심사위원들의 등장에 캬악! 하고 소리치며 자리를 박차고 일어났다. 미두리 그룹의 한이와 성호 그룹의 두두가 손을 흔들며 입장하고 있었다. 도진이가 말았던 피켓을 활짝 펴서 흔들었다.

오빠 사랑해 **오빠 내 거!**

피켓에 쓰인 글씨가 온몸을 흔들며 소리치는 거 같았다.

"오늘 오디션을 보러 온 참가자와 심사위원들, 그리고 응원하기 위해 오신 분들께 감사의 인사를 드립니다. 오늘 하루 조금의 후회도 없는 온전히 여러분의 시간이 되길 간절히 바랍니다."

사회자가 경건한 표정과 목소리로 말했다.

도진이는 분위기에 물들어 갔다. 댄스곡이 나올 때는 몸을 가루로 만들어 버릴 듯 흔들어 댔다. 도진이가 저렇게 춤을 잘 추는 아이였던가. 텔레비전도 안 보고 콘서트도 단 한 번 안 가 본 애가 어디서 춤을 배웠을까. 도진이는 소리를 질러 대다 주의도 받았다. 오디션장에서 그렇게 소리를 질러 대면 심사를 보는 데 방해가 된다고 말이다. 그 말을 한 심사위원인 한이와 두두가 이쪽을 쳐다봤다. 도진이는 두두와 눈이 마주쳤다고 흥분하며 좋아서 어쩔 줄 몰라 했다.

민구는 거위의 꿈을 불렀다.

"내가 저럴 줄 알았어. 뭔 저런 듣도 보도 못한 노래를 부르니? 차라리 민요를 부르지 그러냐?"

도진이가 빈정거리듯 말했다.

오늘따라 민구 목소리가 더 애절하게 들렸다. 어느 순간 도진이를 바라보니 도진이는 민구 노래에 푹 빠져 있었다. '언젠가 나 그 벽을 넘고서 저 하늘을 높이 날을 수 있어요.' 이 구절을 민구가 소울 넘치는 목소리로 부르는데 도진이 눈에 눈물이 그렁그렁 차올랐다.

"목소리 끝내준다."

민구 노래가 끝나고 도진이가 말했다.

오디션에서 돌아오는 길, 지하철 안에서 도진이는 민구에게 어떤 아이돌보다 더 노래를 잘한다고 추켜세웠다. 민구가 10명 중에 든 것을 자기 일처럼 기뻐하면서 말이다. 그건 도진이의 진심이다. 도진이는 마음에 없는 말은 절대 하지 못하니까. 도진이 칭찬을 받고도 민구는 자신을 거위라고 말했다. 이제 날 수 있는 기회가 생겼는데도 지구가 도와주지 않아 날지 못하는 거위로 끝낼 수밖에 없다고 했다. 하지만 거위인 것에 감사하다고 했다. 거위이기 때문에 특별한 시간을 만들 수 있다고 말이다. 무슨 말인지 알 듯 말 듯했다.

"지구 최후의 날이 딱 한 달만 미뤄지면 좋겠다. 민구 네가 훨훨 날게."

도진이가 이렇게 말했을 때 옆에 서 있는 사람의 이어폰이 빠지면서 스마트폰에서 흘러나오는 소리가 들렸다.

'D-day 5'는 확실합니다. G1 행성의 속도는 더 빨라지고 있습니다.

지하철에서 내려 버스로 환승하고 버스 정류장에서 내려 잘 가라고 인사할 때까지 우리 셋은 누구도 말을 하지 않았다.

도진이의 고백

민구 오디션에 다녀오고 나서 도진이가 좀 달라졌다. 뭐라고 꼭 집어서 표현할 수는 없지만 기분이 들떠 있다고나 할까. 도진이는 오디션장에서 내가 촬영한 민구 모습을 전달해 달라고 했다. 그리고 동영상 제목을 '지구가 도와주지 않는 거위'라고 달고 동영상을 계속 돌려 봤다.

"역시 사람은 겉만 봐서는 몰라. 수박하고 사람은 같다고 할 수 있지. 나는 민구가 완전 찌질이인 줄 알았거든. 이럴 줄 알았다면 민구랑 좀 일찍 친하게 지내볼걸."

도진이는 민구가 다른 노래를 부르는 것도 한번 보고 싶다고 했다.

"노래방 한번 가 볼래? 너 한 번도 안 가 봤다고 했지? 진짜 천연기념물이다. 어떻게 노래방을 한 번도 안 가 보냐. 버스 타고 몇 정거장만 가면 경호대고 경호대 앞 골목마다 코인 노래방이 몇 개씩 진을 치고 있는데 말이다. 경호대 앞에만 수십 개도 넘을 거다. 2학년 윤리 선생님이 하던 말 못 들었냐? 우리나라 사람들은 예로부터 몇 사람만 모이면 노래 또는 고스톱이라고. 그건 관습처럼 전통처럼 내려온다고. 관습과 전통을 지키려면 기본적으로 노래방을 가끔 한 번씩은 가 줘야지. 가자."

"민구도 같이 가는 거지?"

도진이가 물었다. 당연히 민구도 같이 간다는 말에 도진이는 기분이 좋은지 라면을 끓여 주겠다고 했다. 살다 보니 도진이가 끓여 주는 라면을 다 먹게 될 줄이야. 그런데 라면은 끓일 줄 아나 모르겠다.

훌륭했다. 수학과 과학을 잘하는 아이라서 그런지 라면 봉지 뒤에 있는 요리법을 정확하게 따랐다. 라면 3개를 넣을 물을 계량해서 붓고 라면 끓이는 시간도 정확하게 맞췄다. 단 한 가지 실수라면 달걀을 너무 늦게 넣어 달걀 비린내가 난다는 거였다. 물론 개인의 취향에 따라 일부러 그렇게 먹을 수도 있겠지만 나는 별로다. 하지만 따지고 보면 그건 도진이의 실수가 아니다. 요리법에 취향에 따라 달걀을 넣을 수 있다는 것만 써 있을 뿐 언제 넣으라는 말이 없었기 때문이다. 명백히 라면 회사의 실수로 볼 수 있다.

생각해 보니 도진이는 그런 아이였다. 하라는 것만 했던 아이, 하지 말라는 것은 하지 않았던 아이. 나는 도진이가 커닝을 하지 않았다는 말이 맞을 거라고 생각했다.

후르르르 쩝쩝! 경쾌하게 면발을 빨아들이는데 도진이가 나를 빤히 바라봤다.

"하도용, 너한테도 매력이 있는 걸까?"

뜬금없이 이런 말을 했다. 민구의 다른 면을 보고 사람을 대하고 판단하는 마인드를 바꾸기로 결심한 걸까.

"뭐, 그럴 수도 있겠지만 설마 그럴 리가."

나는 라면 먹는 것에 충실했다.

"그치? 설마 그럴 리가. 내가 16년 가까이 너랑 같은 집에 살았는데 단 한 번도 그런 거 발견한 적 없거든."

도진이 말을 듣자니 은근히 기분이 나빴다. 그걸 꼭 꼬집어서 말해 줄 필요까지야.

"그러는 너는 매력이 있는 줄 아냐? 공부나 잘할 줄 알았지 다른 데는 꽝이잖아?"

"내가 뭐? 뭐가 꽝이야?"

도진이가 발끈했다. 너도 그런 말 들으니까 약 오르지? 화나지? 그러니까 말이라는 게 밖으로 내뱉기 전에 한 번쯤은 곱씹어 볼 필요가 있는 거다, 알았냐.

"말해 줘? 매일 밤샘해서 목소리는 한여름에 몇날 며칠 묵은 쉬어 터진 밥 같고 드라큘라도 아닌 것이 입술은 허구한 날 피가 맺혀 있고 눈은 마주치기만 하면 잡아먹을 듯 표독스럽고 제 마음에 들지 않으면 온 집안을 폭탄 설치해 놓은 집처럼 만들고, 아이고야, 하도 많아서 입이 아프다."

그런데 표독스럽다는 표현은 안 쓰는 게 좋을 뻔했다. 도진이는 표독스러운 게 무엇인지 진수를 보여 주는 아이처럼 무시무시한 눈으로 쏘아봤다. 감히 면발을 입에 넣는 것조차 조심스러울 정도로 가슴이 서늘했다.

"아이고 무서워라."

나는 도진이 눈을 피하며 라면 그릇에 코를 박고 라면을 먹었다.

"어쩌면 그럴 수도 있지."

조용하던 도진이가 잠시 뒤 식탁을 탁 치며 말했다.

"내 눈에는 별로인데 다른 아이 눈에는 다르게 보일 수도 있지. 학원에 수학샘은 열 살이나 많은 여자와 결혼했거든. 열 살 연상의 여인이라니! 무지하게 예쁘거나 충격적일 정도로 매력이 넘칠 거라고 생각했어. 그런데 저번에 학원 앞에서 우연히 봤거든. 완전 늙은 아줌마야. 퍼펙트한 수학샘이 도대체 어디에 반해 결혼을 하게 되었는지 모르겠더라고. 그거와 같을 수도 있겠어. 하린이 눈에는 네가 제법 괜찮아 보일 수도 있겠다는 말이야."

하린이라는 말에 나는 고개를 번쩍 들었다. 도진이가 당황해하는 모습이 훤히 보였다.

"하린이?"

"내, 내가 하린이라고 했냐? 아, 맞아, 하린이라고 했지."

도진이는 말까지 더듬었다.

"하린이가 나를 괜찮게 봤다고? 네가 그걸 어떻게 알아? 하린이가 너한테도 말했어?"

"나한테도? 그럼 하린이가 너한테도 말한 거야?"

"으응? 내, 내, 내, 내가 지금 그렇게 말했냐?"

이번에는 내가 당황했다.

도진이와 나는 잠시 아무 말도 하지 않고 서로 마주 보고만 있었다.

"좋아, 내가 먼저 말할게."

도진이가 결심한 듯 자리를 고쳐 앉았다.

"지난여름이야. 하린이가 네 전화번호 좀 알려 달라고 하는 거야. 이유를 물었더니 완전 어이없어. 너와 사귀고 싶다고 말하는 거 있지?"

하린이가 나와 사귀고 싶다는데 도진이 네가 왜 어이없다는 건지 묻고 싶었지만 말을 중간에 끊으면 말 끊는다고 성질부릴까 봐 참았다.

"하린이가 왜 저런 말을 할까, 순간 적어도 12개 이상의 이유가 한꺼번에 떠올랐어. 그 이유 중에서 나는 별 고민 없이 1개를 집어냈어. 하린이처럼 따돌림을 당하고 있는 아이가 원하는 거는 뭐겠니? 지독하게 외로운 따돌림, 지옥 같은 학교생활."

도진이는 누가 왕따를 당하든 누가 왕따를 시키든 그런 거에는 관심이 없는 줄 알았는데 따돌림을 당하는 아이들의 심리까지 알고 있다니 놀랍다.

“중간에 말 끊어서 미안한데 혹시 도진이 너도 따돌림당해 본 적 있냐?”

“지랄을 하세요. 누가 나를 감히 건드려?”

그건 그렇지, 전교 1등에 성질도 더러운데.

“이런 말까지 하고 싶지 않았는데 뭐, 지구도 폭발한다는 마당에 굳이 비밀일 거도 없지. 참 지구가 폭발한다니까 사람이 솔직해지네. 하도용 네가 3년 내내 같은 반에서 버티고 있는데 누가 나를 건드려?”

나는 도진이의 뜻밖의 고백에 깜짝 놀랐다.

“너의 존재는 그런 거야. 사실 나는 너를 많이 믿고 의지했어. 공부 좀 한다고 나처럼 모든 아이들에게 쌀쌀맞게 대하면 잘난 척한다고 따돌림당할 수도 있거든. 하지만 나는 도용이 너를 믿고 내가 하고 싶은 대로 했어.”

지구가 폭발한다니까 별말을 다 듣겠다.

“하린이도 그래서 네가 필요했던 거지. 민구와 같은 포지션을 갖고 싶었던 거라고. 네 힘이 필요한 거였다고. 그래서 내가 뭐라고 했는 줄 알아? 너도 알고 있는 거 같은데 도용이는 소라동에 있을 때 대단한 짱이었다. 이유 없이 아이들 때리고 돈 뺏는 거는 기본이었지만 그게 끝이 아니었다. 길 가는 여자아이들 괴롭히는 거는 옵션으로 하는 양아치 중에 양아치였다. 면도칼로 여자아이들 운동화를 자르고 가방을 슬쩍 베기도 했다고."

"야. 내가 언제 그랬어?"

아주 소설을 써라, 소설을.

"그리고 한 마디 더 했지. 너도 한번 당하고 싶으면 접근해도 상관없는데 혹시라도 도용이를 이용해 먹으려고 한다면 그야말로 큰코다칠 거라고."

아아, 그래서 하린이가 그런 말을 했구나. 그것도 모르고 자랑스럽게 다리를 꼬고 앉아 허세를 있는 대로 떨었으니.

"그런데 도용이 너한테도 찾아갔다니 내가 한 말이 사실인지 확인하러 갔나 보네? 그래서 뭐라고 했냐?"

"그런 아이라고 했다, 왜?"

"오호, 우리가 쌍둥이라서 통하는 게 있나 보다. 그런데 지금 생각해 보니 하린이가 너를 진짜 좋아했을 수도 있을 거 같아. 사람 마음이 이렇게 요상한 거를 알았다면 좀 더 신중하게 알아볼걸. 그런데 문제는 나와 하린이가 하는 말을 누군가 들었나 봐. 들으려면 처음부터 끝까지 다 들었으면 괜찮았을 텐데, '도용이를 이용해 먹으려고' 이 말만 들었나 봐. 그 말이 하린이를 미워하는 아이들 사이에 퍼졌지. 하린이 꼴이 더 웃기게 된 거지. 그래서 커닝 사건 때 내 부탁을 절대 들어주지 않았던 거고. 그런데 지금 문득 든 생각인데 하린이도 너를 진짜 좋아해서 그럴 수도 있겠다 싶다. 네 힘을 이용해 먹으려고 그런 게 아니라 또 다른 너의 매력을 봤을 수도 있을 거 같다는 말이지."

이미 엎어진 물이지만 하린이를 한번 만나 봐야 할 거 같은 생각이 들었다.

라면을 다 먹고 설거지를 하고 있을 때 외출했던 엄마 아빠가 들어왔다.

아빠는 옷을 갈아입고 나와 주방을 서성거렸다. 물을 한 컵 받아 마시고 난 뒤 또 물을 받았다. 그러고는 공연히 냉장고를 열었다 닫았다를 반복하고 잘 닫혀 있는 밥솥 뚜껑을 누르기도 했다. 할 말이 있는 듯한데 쉽게 말을 꺼내지 못했다.

"도진이 아직도 아빠한테 화나 있니?"

아빠가 겨우 꺼낸 말이었다. 식탁 위를 닦고 있던 도진이가 아빠를 바라봤다.

"아직 아빠한테 화나 있냐고?"

"아빠라면 화가 풀렸겠어? 딸이 억울해 죽겠다는데 위로는 못할 망정 아빠가 다 잘했다고 그러는데 어떻게 금세 화가 풀려?"

다시 싸움을 걸자는 것도 아니고 아빠가 저자세로 저런 말을 하는 것은 화해하자는 뜻인데 그냥 받아 주지, 가족끼리 그것도 못하나. 하도진 너를 누가 말리냐.

"그래, 그랬을 거다."

아빠가 고개를 푹 숙였다. 아빠가 고개를 숙이는 만큼 도진이 턱은 더 올라갔다.

"아빠가 도진이 네 입장이라도 화가 잘 풀리지 않았을 거다. 아빠가 너무했지. 매일 도진이 너에게 받기만 하고서 꼭 주기만 한 거처럼 말했으니. 도진이 네가 초등학교 때부터 백 점짜리 시험지를 들고 올 때마다 아빠는 힘이 났어. 영양제도 그런 영양제가 없었지. 피로회복제이기도 했고. 아빠가 내 나이보다 동안이라는 말을 듣는 것도 따지고 보면 다 도진이 네 덕이지. 네 아빠가 된 거 행운이야."

도진이는 행주질을 멈추고 가만히 아빠 말을 들었다.

"동안은 무슨. 말은 바로 해."

도진이는 중얼거리듯 말했다. 하지만 도진이 얼굴이 많이 누그러졌고 입가에 미소가 떠올랐다.

세상의 모든 거위님들

늦게 배운 도둑질이 밤새는 줄 모른다는 말이 있다. 할아버지가 나이 들어 땅 판 돈을 손에 넣어 신나게 쓰고 다닐 때 할머니가 했던 말이다. 젊어서부터 돈이 있었더라면 돈을 계획적으로 썼을 텐데 돈 쓰는 법을 배우지 못하고 돈맛을 제대로 알지도 못했던 할아버지가 돈이 생기자 쓸데 안 쓸데 물불 가리지 않고 허투루 쓰고 다닌다고 말이다. 그러니까 늦게 어떤 것에 재미를 들이면 아무도 못 말린다는 뜻이라고 했다.

도진이가 그랬다. 아이파크에 가서 민구 노래를 4곡 들을 때만 해도 도진이는 다소곳했다. 손뼉도 제대로 못 치고 부끄러워했다. 춤을 추던 민구 몸이 제 몸에 닿기라도 하면 얼굴이 빨개졌다. 평소의 도진이 모습과는 많이 달랐다.

민구가 노래를 해 보라고 했을 때 도진이는 부끄러워서 못하겠다고 했고 민구는 처음이라 어색해서 그러는 건데 한 곡만 부르고 나면 괜찮아질 거라고 용기를 줬다.

도진이는 〈섬집 아기〉로 스타트를 끊었다. 동요 한 곡 부르고 나자 용기가 생긴 건지 두 번째 곡으로 성호의 〈그 옛날의 오후〉를 불렀다. 랩도 완벽하게 소화해 냈다. 민구는 도진이 노래에 열광했다. 아니, 솔직히 말하면 열광해 주는 척했다. 문제는 거기에서 시작되었다.

도진이는 마이크를 놓지 않았다. 부끄러워서, 어색해서, 창피해서 절대 쓸 수 없다던 가발을 색깔대로 바꿔 가며 쓰고 박자가 뭐냐고 무시해 가면서 탬버린을 흔들며 쉬지 않고 노래를 불렀다.

거기까지는 괜찮았다. 노래를 부르려고 노래방에 왔으니 노래 부르는 거에 욕심을 부린들 뭐 어떠랴. 쓰라고 놔둔 가발을 쓰는 거 또한 무슨 문제랴. 탬버린 멋대로 흔드는 거? 그거 박자쯤 무시하고 흔들어도 법에 걸리지 않는다.

그런데 도진이가 춤을 추기 시작했을 때 나는 차라리 눈을 감고 싶었다. 춤이란 흐르고 있는 음악, 부르고 있는 노래에 몸을 맡겨야 한다. 그게 최소한의 예의다.

도진이가 마이크를 놓지 않고 주구장창 노래를 불러 댈 때 어떻게 하면 기회를 뺏을까 호시탐탐 노리고 있던 민구는 도진이가 춤을 추기 시작했을 때 눈을 어디에 두어야 할지 박수를 치며 흥을 북돋아 주어야 할지 말지 고민이 되는 눈치였다. 민구의 선택은 좁은 공간에서 멋대로 활개를 치는 도진이를 피해 가며 천장을 보며 박수를 치는 거였다.

"너를 처음 본 순간 허이허이. 곧 헤어질 거 같았어 허이허이. 그래도 너를 사귀기로 결심했지 허이……"

연이어 열 곡이나 부르자 도진이 목소리는 차마 들어 줄 수 없을 정도로 갈라졌다. 민구 십팔번은 처참하게 무너져 내렸다.

"민구야, 너를 위해 내가 노래 하나 더 할게. 뭐 부를 줄 모르는 노래지만 가사 나오니까 따라하면 되겠지."

도진이는 〈거위의 꿈〉을 부르기 시작했다. 〈거위의 꿈〉은 도진이의 입에서 그야말로 축축 늘어지는 민요로 거듭났다.

"이 노래를 지구가 도와주지 않는 슬픈 거위님에게 바칩니다."

맙소사! 도진이 재가 뭘 잘못 먹었나.

"내가 볼 때 도용이 너도 거위야."

도진이는 검지를 쳐들어 나와 민구를 콕콕 집었다.

"도용이 너라고 꿈 없겠냐? 하다못해 먹을 거 돈 안 내고 실컷 먹을 수 있는 식당 주인이라도 되고 싶은 마음이 있었겠지. 안 그래?"

나는 멀뚱멀뚱 도진이를 바라봤다.

"아무리 생각해 봐도 그런 거 없는 거 같냐? 잘 생각해 봐. 네가 하고 싶은 거 분명히 있을 거야. 아직 잘 모르는 거는 거위가 알에서 부화되지 않았거나 부화되었어도 너무 어려서 어리바리한 탓이겠지. 어리바리한 병아리는 곧 어른 거위가 되겠지. 비록 날지는 못하지만 날아오르는 날을 꿈꾸는 거위로 자라는 거라고. 흠, 따지고 보면 나도 거위야. 날 수 있는 날을 위해 날갯짓하며 연습하는."

나는 도진이를 멍하니 바라봤다. 저 싸가지 없는 애가 저렇게도 멋진 아이였나.

"이리 와 봐라, 거위들아."

도진이가 한 손으로는 민구 목을 한 손으로는 내 목을 잡아당겼다. 그러더니 머리통을 한 대씩 퍽퍽 쳤다. 민구가 '꽥꽥' 거위 소리를 냈다.

"자, 그럼 이 노래를 이 세상의 모든 거위들에게 바칩니다. 난 난 꿈이 있었죠. 버려지고 찢겨 남루하여도……."

찌익! 도진이 목소리가 찢어졌다. 가사만 맞고 음정은 제멋대로였다. 도진이는 목소리가 찢어지거나 말거나 진지하게 노래를 불렀다. 1절이 끝나고 음악이 흐를 때 갑자기 도진이가 나와 민구를 일으켜 세웠다.

"둘이 블루스 춰라."

"뭐?"

이게 무슨 해괴한 소리야.

"블루스를 추면 딱 어울릴 곡이야. 내가 더 천천히 불러 줄게."

나와 민구는 서로를 마주 봤다. 나와 민구가 친구라는 이름으로 3년을 살았지만 그래도 그렇지 어떻게 우리가? 아아, 생각만 해도 닭살 돋고 품위 없는 짓이다. 하지만 도진이는 물러나지 않았다. 노래가 끝나자 다시 재탕을 하면서 계속 추라고 졸랐다. 도진이가 시키는 대로 하지 않으면 이 노래방에서 절대 나갈 수 없을 거라는 확신이 들었다.

"어차피 지구도 폭발한다는 마당에 그것도 못 해? 친구끼리?"

도진이가 말했다. 나는 지구가 폭발한다는 말에 용기가 났다.

민구와 부둥켜안았다. 노래가 길었다. 이렇게 긴 노래는 태어나서 처음 들어 보는 거 같았다. 나보다 훨씬 키가 작은 민구는 내 품에 쏙 들어왔다. 그게 별로였다.

그러고 나서 도진이가 열 곡 정도 더 부르고 민구가 열 곡 정도 불렀다. 민구가 의자 위에 올라가서 폴짝 뛰어내리며 춤을 추면 도진이가 따라했다. 민구가 두 팔을 허공에 쭉 뻗고 팔짝팔짝 뛰면 도진이가 따라했다. 도진이와 민구의 이마에는 땀이 흥건했다. 그래도 둘은 멈추지 않았다. 그야말로 가관이었다. 하지만 한편으로는 오늘이 도진이에게 특별한 시간이었을 거 같아 뿌듯하기도 했다.

노래방에서 나왔을 때 해가 뉘엿뉘엿 지고 있었다. 골목에는 문을 닫은 가게가 많았다. 그러고 보니 오늘은 'D-day 3'!

우리는 타코야키를 먹으러 갔다. 타코야키 아줌마는 여전히 신들린 듯한 손놀림으로 타코야키를 굽고 있었다.

"가게들이 문을 많이 닫아서인지 나는 더 바빠졌어. 아휴, 팔목 튼튼한 거 하나는 자부했는데 타코야키를 얼마나 구워 댔는지 팔목을 들 수가 없을 정도로 아프다."

아줌마 팔목에는 붕대가 감겨 있었다.

"아줌마. 돈 벌어서 뭐 하려고요?"

도진이가 물었다.

"뭐 하다니? 돈이 없어서 문제지 돈이 많으면 쓸데가 없을까 봐?"

"아니요, 돈을 벌어도 쓸 시간이 없잖아요?"

"왜 시간이 없어? 이제 내 나이 쉰여덟 살인데 시간이야 많지. 진짜로 지구 종말이 올까 봐? 나는 하도 많이 속아 봐서 이제 안 속는다."

아줌마는 자신만만하게 말했다.

"속아 보셨다고요?"

"그래, 지구의 종말이 온다는 말에 열 번은 속아 본 거 같다."

"그럼 이번에도 거짓말인 거예요?"

도진이 말에 아줌마는 타코야키 돌리던 손을 멈추고 도진이를 바라봤다.

"어째 너는 거짓말이 아니었으면 하는 거 같다? 지구의 종말을 원하는 거 같다는 말이다. 맞니?"

"아, 아, 아니에요."

아줌마 말에 도진이는 놀라며 손을 내저었다.

"지구가 사라지지 않고 이대로 쭉 간다면 좋지요. 원하는 바예요. 그런데…… 아, 쪽팔려."

도진이가 나와 민구를 바라봤다. 나는 도진이가 무슨 생각을 하는 줄 단박에 알 수 있었다. 조금 전 노래방에서 있었던 일이 생각난 거다.

"쪽팔리게 생각하지 마라. 지구가 폭발하든 폭발하지 않든 오늘은 아주 특별한 날이었어. 덕분에 도용이와 더 가까워진 기분이 들었거든. 그리고 공부만 잘하고 인성은 개똥이고 재수 없는 애라고만 여겼는데 오디션 있던 날 다시 보게 되었고 오늘 그걸 다 깨부수었거든. 내 머릿속에 도진이 너는 완전히 다른 아이로 저장되었어."

민구가 말했다.

타코야키를 10개나 먹은 도진이는 20개를 포장해 달라고 했다.

"타코야키 맛에 푹 빠졌군."

민구가 이렇게 말했고 나도 그런 줄 알았다.

집에 돌아왔을 때 도진이는 타코야키를 소파에 앉아 있던 아빠에게 내밀었다.

"졸업 여행으로 일본 가기로 했잖아. 이제 못 가게 되었지만. 그래서 일본에 대해 공부 좀 하다가 타코야키에 대해서도 알게 되었어. 원래 타코야키 속에는 문어를 넣어야 하는데 우리나라에서는 문어가 워낙 비싸서 오징어를 넣어 파는 경우가 많다고 했어. 그런데 내가 먹어 보니까 이 집은 진짜 문어만 넣었더라고."

"그랬어? 나는 원래 타코야키에 오징어 넣는 줄 알았네. 아빠 먹으라고 사 온 거야?"

아빠가 감격했다.

"왜, 싫어? 아빠 문어 좋아하는 거로 알고 있는데 바뀌었어?"

"아이고 싫기는. 엄청 좋지, 엄청 좋아. 아빠가 문어라면 자다가도 벌떡 일어나지."

아빠가 타코야키 봉투를 덥석 받았다. 아빠를 바라보는 도진이 눈이 다정하고 부드러웠다.

자신만의 방법으로

아침 일찍 할머니가 집으로 왔다. 오늘이 할머니 생신이라 가족끼리 아침을 먹기로 했다. 할아버지 상태는 바뀐 게 없어서 간호사에게 부탁하고 잠깐 나온 거라고 했다.

"모레는 니네 할아버지 귀빠진 날이다. 말대로라면 지구가 폭발해서 사라지는 날이 생일인 거지. 아이구야, 생일날과 제삿날이 같아지게 되네. 하긴 제삿날이니 뭐니 챙길 필요도 없지만 말이다."

할머니는 엄마가 끓여 준 미역국을 먹으며 뭉클해서 눈물이 나려고 한다고 했다.

"살다 보니 남이 끓여 준 미역국을 다 먹어 보네. 예전에 어렸을 때는 찢어지게 가난해서 세끼 밥도 못 먹었지. 그러다 보니 생일밥을 챙겨 먹은 적이 없었지. 고기 들어간 미역국을 어떻게 꿈꿔? 엄마가 밥해 줄 때는 가난해서 못 먹어 본 생일 미역국. 시집오고 나서도 제대로 먹어 본 적 없는 거 같다. 다른 집 남편들은 무뚝뚝해도 마누라 생일에 미역국을 손수 끓여 주기도 한다는데 때리고 뒤집어엎을 줄만 알았지 니네 아버지가 어디 그렇게 다정한 사람이길 했었냐? 며느리 얻으면 생일에 미역국은 얻어먹겠다 싶었는데 그것도 마음대로 안 되더라. 며느님께서 어찌나 바쁘신지 말이다."

할머니 말에 엄마는 귓불이 벌게졌다.

"제가 어디 노느라고 그랬나요?"

"나도 안다. 없는 집에 시집와서 살려고 버둥대느라 그랬지. 그 영감탱이가 땅을 제대로만 팔아 돈을 주었더라면 늦게라도 네가 덜 고생했을 텐데 말이다. 그래도 오늘 이렇게 미역국 맛을 보여 줘서 고맙다. 이게 다 지구가 폭발하게 된 덕이지? 그러지 않았으면 오늘도 너는 남의 손톱에 매니큐어 칠한다고 바빠서 어디 얼굴이나 볼 수 있었겠니."

"아휴, 어머니, 아니에요. 올해 어머니 생신부터는 꼭 제가 생일상을 차려 드리려고 했어요."

"올해부터? 그럼 지구만 멀쩡했다면 네가 해 주는 생일상을 계속 받을 수 있을 뻔했구나."

"그럼요, 어머니. 소갈비에 어머니 좋아하시는 잡채에 탕수육에 아귀찜까지 상다리가 부러지게 만들어서 생일상 차려 드리려고 했지요."

"아이고 고마워라. 눈물이 다 나려고 하네. 어서 먹자. 먹고 나서 너한테 줄 게 있다. 어미 네가 예전부터 예쁘다, 예쁘다 했던 진주 반지 말이다. 내가 그걸 너 주려고 마음먹고 있었거든. 내 평생 딱 하나 마련했던 귀금속이지. 그런데 너랑 나랑은 서로 마음이 통했는가 보다. 올해부터 서로에게 잘해 주기로 마음먹었으니."

할머니 말에 엄마가 "그러게요."라고 했다.

밥을 다 먹고 난 다음 진주 반지 수여식을 했다.

병원으로 가는 할머니를 따라 온 가족이 총출동했다. 누구도 말을 먼저 하지는 않았지만 버스 정류장까지 따라가는 이유는 같았을 거다. 디데이가 이틀 남았다. 그날이 진짜 온다면 할아버지를 보는 마지막 날일 수도 있다.

"어머니. 저도 같이 갈까요?"

버스 정류장에서 아빠가 말했다. 그러자 엄마가 "저도 갈게요." 라고 했다.

"아니다. 응급실이라는 곳이 가족 여럿이 와 있을 정도로 공간이 넓은 것도 아니고 그냥 집에 있어라. 들어가라. 오늘 밥 맛있게 잘 먹었다."

할머니가 막 도착하는 버스에 올라가며 손을 흔들었다.

할머니가 탄 버스가 모퉁이를 돌아 보이지 않았을 때 엄마 아빠와 도진이가 돌아섰다. 나도 막 돌아서려는데 버스 한 대가 도착했고 버스 앞자리에 다소곳하게 앉아 있는 하린이가 보였다. 나는 나도 모르게 뛰어가 버스에 올라탔다. 올라오고 보니 돈이 없었다.

"학생. 버스비."

우물쭈물 서 있자 버스 기사가 재촉했다.

"죄, 죄, 죄송하지만 도, 돈이 없어서……."

"지구가 사라진다고 하니까 버스비를 안 내고 타도 되는 줄 아는 모양이네. 오늘만 해도 벌써 열 번째야. 아이고 뒷골 땡겨. 이봐, 학생. 지구가 사라지는 마당에 나는 서비스 차원에서 운전하는 줄 아나? 내려!"

어쩔 수 없이 도로 내리려고 뒤돌아서는데 하린이 목소리가 들렸다.

"버스비 여기 있어요."

하린이가 대신 카드를 찍었다.

하린이는 경호대 앞에서 내렸다. 나는 하린이를 따라 내렸다.

"따라오는 거냐? 왜, 버스비 내줘서 고맙다고 말하려고? 그따위 말은 집어치워라. 내일모레 지구 최후의 날이라는데 그 정도 적선은 할 수 있다."

적선이라는 말이 거슬렸다. 하지만 생각하기에 따라서는 적선이라는 말이 맞을 수도 있다.

"그게 아니라 할 말이 있어. 그런데 좀 길어. 내가 돈이 있으면 아이스크림 가게 같은 데 들어가자고 할 텐데 너도 알다시피 안타깝게도 지금은 땡전 한 푼 없네. 그냥 여기서 말하지 뭐."

나는 헐렁한 추리닝 바지에 손을 넣었다. 그러고 보니 맨발에 발가락이 다 튀어나온 슬리퍼 차림이었다. 오늘따라 바람은 왜 이렇게 차갑게 불어 대는지 여기서 이 꼴로 30분만 서 있으면 꼼짝없이 동태가 될 거 같았다. 나는 다리에 힘을 주고 어금니를 깨물었다. 동태가 될 때 되더라도 하린이에게 할 말을 해야 했다. 그러지 않으면 마음 편히 지구와 함께 최후를 맞이할 수 없을 거 같았다. 지금이 마지막 기회다. 오늘은 'D-day 2'.

"너는 디데이 믿냐?"

뜬금없는 말이 나왔다. 어떻게 하린이 앞에만 서면 입이 제멋대로다.

"응."

하린이가 조금도 망설이지 않고 대답했다.

"그런데 아무렇지도 않아?"

"그게 할 말이야? 처음에는 다른 사람들처럼 믿지 않았으니까 아무렇지 않았지. 디데이가 올 확률이 거의 백 퍼센트라고 발표했을 때 사람들과 똑같이 동요하고 무서웠어. 하지만 다른 사람들 봐. 오든 오지 않든 사람의 힘으로 어쩔 수 없는 거니까 다들 담담하게 지내고 있잖아? 사람은 가장 위태로운 순간에 가장 냉정해지는 법이야. 할 말 끝났으면 가도 돼?"

나는 하린이 말에 우물쭈물했다.

"할 말 남았으면 저리 가자."

하린이가 빵집을 가리켰다.

"네 꼴이 너무 추워 보여서 들어온 건데 내가 급한 볼일이 있거든. 무슨 말인지 빨리 먹고 빨리 말해 봐."

하린이는 빵집에 들어가 단팥빵 3개를 계산하고 가져와 탁자 위에 올려놓으며 재촉했다. 하필이면 많고 많은 빵 중에 단팥빵일까, 뭘 먹을 거냐고 물어나 보고 사지. 도진이 말대로 굶주린 돼지처럼 이것저것 사정 보지 않고 먹어 치우는 나지만 딱 한 가지 못 먹는 게 있다. 팥이다. 팥만 먹으면 온몸이 벌에 쏘인 듯 부풀어 오른다. 하린이는 빨리 좀 먹으라고 재촉했다. 미치겠다, 진짜. 부풀어 오르기만 하고 가렵지만 않다면 그냥 먹겠다. 그런데 무지하게 가렵다. 초등학교 5학년 때 도넛 하나 먹었다가 죽는 줄 알았다.

나는 휴대폰을 뒤적거리는 척하며 고민하고 또 고민했다. 그냥 먹어? 아니지, 먹었다가는 큰일 나지.

실시간 검색어 1위 'D-day 2'.

놀라울 정도로 조용합니다. 시민들은 저마다 자신들만의 방법으로 디데이를 준비하고 있습니다. 시간이 다가올수록 상당히 혼란스러워질 거라는 추측과는 달리 그날이 다가올수록 차분하고 조용하게 지내고 있습니다. 따지고 보면 디데이를 믿든 믿지 않든 달라지는 것은 없습니다. 믿는다고 해서 디데이가 꼭 오는 것은 아니고 믿지 않는다고 해서 오지 않는 것도 아닙니다. 현명한 시민들은 그걸 알고 있는 겁니다. 그래서 자기들만의 방식으로 디데이를 맞이할 준비를 하고 있을 겁니다.

무심코 클릭한 기사 내용이었다.

"빨리 먹고 빨리 말하라고."

하린이가 재촉했다.

"좋아. 빨리 먹고 빨리 말할게. 그런데 그전에 물어볼 말이 있어. 단팥빵이 왜 3개냐? 2개만 사도 되잖아. 너 하나 먹고 나 하나 먹고."

"내가 왜 먹어? 3개 다 너 먹으라고 산 거야. 마음 같아서는 10개 정도 사 주고 싶었는데 돈이 없어서 3개만 산 거야. 오늘 아니면 언제 또 너한테 빵 사 줄 기회가 있겠니? 나는 밀가루 알레르기라서 빵 안 먹어."

울컥하니 뭔가 올라오려고 했다. 하린이는 그런 일을 겪고도 나를 미워하지 않는 걸까. 그래, 먹자. 설마 죽기야 하겠냐. 나는 꼭꼭 씹어서 단팥빵 3개를 다 먹었다.

"저번에, 여름에 말이야. 나랑 사귀자고 했던 말, 진심이었어?"

"그걸 지금 왜 대답해야 하는데? 다 지나간 일인데. 내일모레 디데이야. 그게 왜 중요해?"

"좋아. 대답하기 싫으면 하지 마. 나는 오늘 내가 할 말만 하면 되니까. 내일모레 디데이라서 꼭 얘기해야 해. 내가 너한테 거짓말한 게 있어. 너한테는 되게 용감한 짱이었던 것처럼 말했지만 사실 나는 비열했어. 덩치 크고 유도에 무술까지 두루두루 배운 나를 아이들이 짱 시켜 주고 앞장세웠어. 솔직히 말하면 무서웠어. 나는 겁이 많거든. 그 아이들 앞에 서는 거 되게 무서웠어. 원하는 대로 하지 않으면 그 아이들이 그냥 놔두지 않을 거 같았거든. 너, 아이들이라고 해서 얕보면 안 돼. 그 아이들은 피라미드와 같은 구조를 갖고 있어. 위로 올라갈수록 중학생이 있고 고등학생도 있어."

이런 말을 하는 건 처음이었다. 누구에게도 말하지 않았다. 엄마 아빠한테도 말하지 못했던 거다. 비록 초등학생이었지만 그런 말을 함부로 했다가는 내가 위험하다는 것을 알고 있었다. 비밀을 지키는 것은 최소한 나를 지키는 일이었다.

"그런데 저번에는 왜 이런 말 안 했어?"

묵묵히 내 말을 듣고 있던 하린이가 물었다.

"그냥…… 너한테 세 보이고 싶었고……."

나는 고개를 숙였다. 그때 다리 사이로 스멀스멀 가려운 느낌이 들었다.

"그리고 못돼 보여야 네가 더 이상 사귀자는 말을 하지 않을 거 같아서."

"내가 그렇게 싫었니? 싫으면 싫다고 단도직입적으로 말하면 되잖아. 그리고 거짓말하지 마. 도진이도 네가 그런 아이라고 말했거든."

하린이 얼굴이 일그러졌다.

"아니야."

나는 허벅지 안쪽을 벅벅 긁으며 말했다.

"도진이도 거짓말한 거야. 도진이는 네가 나를 이용해 먹으려고 그런 줄 알았대. 이런 말 하기 좀 그렇지만 네가 여자아이들 사이에서 따돌림을 당하고 있잖아? 그래서 나를 이용해서 민구처럼 따돌림에서 탈출하려고 한다 생각한 거야."

하린이 얼굴이 점점 더 일그러졌다.

"허참 기막혀. 사람을 뭘로 보고."

나는 확실히 알 수 있었다. 하린이는 그런 마음이 조금도 없었다는 걸.

"그리고……."

미치겠다. 그 부분이 가려웠다. 말도 못하게 가려웠다. 하린이 앞에서 거길 벅벅 긁으면 안 되겠지? 그럼 안 되고말고. 그랬다가는 변태라는 소리 듣기 십상이지. 나는 다리를 배배 꼬며 가려움을 참았다.

"그리고…… 그래, 좋아. 나는 나 나름대로 디데이를 준비할 거야. 결심한 대로 말할 거라고. 이 말을 하려고 너를 따라온 거니까. 나는 너를 좋아해. 네가 사귀고 싶다고 했을 때 무지하게 떨렸어. 나도 당장 사귀자는 말을 하고 싶었어. 그런데 자신이 없어서 그러질 못 한 거야. 나는 세상에서 내가 가장 못난 아이라고 생각하거든. 실제로도 그렇고. 너랑 사귀게 되면 그런 내 모습을 그대로 네가 다 보게 될 거 아니니? 그건 자존심 상하는 일이야."

말을 하는데 콧잔등이 시큰해졌다.

"또 하나, 나를 이용해 먹으려고 했다는 그 소문 말이야. 너하고 도진이가 하는 말을 다른 아이가 듣고 소문을 낸 거래. 도진이가 소문을 낸 게 아니라. 서로서로 오해가 있었던 거야."

하린이가 아랫입술을 살짝 깨물었다.

아, 그런데 도저히 못 참겠다. 내 손은 내 의지와는 상관없이 거기를 박박 긁었다. 한 번 긁기 시작하자 긁는 것을 멈출 수가 없었다.

하린이 두 눈이 동그래졌다. 동그래진 눈은 점점 가늘어졌다,

"뭐 하는 짓이니?"

하린이가 벌떡 일어나 밖으로 나가 버렸다. 따라 나가고 싶었지만 긁는 것을 도저히 멈출 수가 없어서 따라 나갈 수 없었다.

그때 아빠에게 전화가 왔다.

"도용아, 어디냐? 빨리 병원으로 와라. 엄마랑 아빠랑 도진이는 지금 출발했다."

아빠는 빠르게 말하고 전화를 끊었다. 할아버지에게 무슨 일이 생긴 게 분명하다. 그런데 큰일이다. 차비가 없다. 어쩔 수 없이 민구에게 전화를 했다.

실시간 검색어 1위

"조금만 일찍 오지 그랬니? 할아버지가 정신이 드셨었는데, 말씀도 아주 또렷하게 하시고 너를 찾으시더라. 그런데 도용이 네 얼굴이 왜 그 모양이냐?"

"팥, 팥 먹어서 그래요."

이곳저곳 안 가려운 곳이 없어서 미칠 지경이었다. 팔이 2개밖에 없고 손가락이 10개밖에 없는 게 안타까웠다. 발가락이 길다면 발가락까지 동원하고 싶은 심정이었다. 나는 주사를 맞고 약을 먹었다. 그러고 나자 부풀어 오르던 얼굴이 조금 진정되고 가려운 것도 훨씬 나아졌다.

할아버지가 돌아가시는 줄 알았는데 그 반대였다. 할머니가 전화를 하고 엄마 아빠와 도진이가 병원에 도착하고 나서도 한참 동안 몇 마디를 주고받을 정도였는데 내가 도착하기 5분 전에 다시 원상태가 되었다고 했다.

할머니는 할아버지가 어떻게 정신이 들었고 어떤 말을 했으며 눈동자며 말소리가 얼마나 또렷했는지 반복해서 말했다.

"도용이 너는 직접 못 봐서 못 믿겠지만 사실이다."

"저도 알아요. 저번에 저만 있을 때도 그랬으니까요. 모두들 안 믿었지만."

"으응? 응, 그랬었지. 지금 보니 네 말이 맞았는데 무턱대고 야단쳐서 미안했다. 할미가 진심으로 사과하마."

할머니가 내 손을 잡았다. 할머니 손이 따뜻했다. 할머니가 내 손을 이렇게 잡아 준 게 언제였는지 기억도 가물가물했다. 공연히 가슴이 뭉클해졌다.

천하에 불효막심한 놈이라는 소리를 듣던 날, 그날은 끔찍할 정도로 억울했다. 밤하늘을 보며 내가 어쩌다 이런 기구한 삶을 사는지 눈물이 절로 나왔다. 돌이켜 보니 그날이 있었기에 오늘 할머니가 이렇게 내 손을 잡아 주고 오랜만에 할머니 온기를 느낄 수 있다는 생각이 들었다.

도진이가 뛰쳐나간 비가 내렸던 그날 밤, 버스 정류장 의자에 앉아 바라봤던 차도가 떠올랐다. 가로등 불빛이 내리쬐어 찬란하게 빛나던 도로. 흥건하게 고인 빗물이 아니었더라면 차도는 그렇게 찬란하게 빛나지 못했을 거다. 빗물과도 같았던 오해와 할머니의 야단이 있었기에 오늘이 더 빛날 수도 있다.

다시 할아버지가 정신이 돌아올지 모른다는 생각에 모두들 병원을 지켰다. 그렇게 우리 가족은 병원에서 'D-day 1'를 맞이했다.

'D-day 1'이 되는 날 실시간 검색어 1위는 '나만의 방법으로 D-day 맞이하기'였다.

나는 실시간 검색어를 쏘아봤다. 지금 실시간 검색어 1위를 본 사람들은 무슨 생각을 할까?

실시간 검색어에 오르는 일에는 알게 모르게 전 국민이 둘로 나뉘어 팀을 만들고 팀끼리 협동해서 서로 자신들이 옳다고 싸웠다. 그런데 마지막 날 실시간 검색어는 오로지 나 혼자만의 일이었다.

나만의 방법으로 D-day 맞이하기

나는 어제 하린이를 만난 걸 정말 잘했다고 생각했다.

할아버지는 다시 의식이 돌아오지 않았다.

"여보시오, 의사 선생님."

아침에 응급실을 돌고 있는 의사를 할머니가 불러 세웠다.

"우리 집 양반 중환자실로 지금 좀 옮겨 주시오."

"예?"

피곤에 절어 눈조차 제대로 뜨지 못한 채 환자들을 살피던 의사의 눈이 휘둥그레졌다.

"우리 집 양반 중환자실로 옮겨 달라고. 에이그, 쯧쯧. 의사들이 절반은 출근하지 않는 바람에 잠도 못 자고 애쓰더니 이제 귀까지 가물가물 잘 안 들리는 모양이네. 우리 집 양반 중환자실로 가자고."

할머니가 의사 귀에 대고 목소리를 높였다.

"아, 귀 아파. 할머니 좀 살살 말씀하세요. 다 들려요. 중환자실로 옮겨야 한다고 제가 그렇게 사정해 가며 누누이 말씀드릴 때는 콧방귀도 안 뀌시더니 왜 오늘 갑자기 이러세요?"

"의사 선생님도 어제 봤지 않수. 우리 영감이 정신이 돌아왔었잖아요. 그러니 중환자실로 옮겨야지. 전에야 살아날 가능성이 없다고 믿었으니까 중환자실에 갈 필요가 없다고 했지만 어제 보니 가능성이 있어 보였다니까요. 그러니 당연히 옮겨야지."

"할머니. 이런 말씀드리기 좀 그렇지만 내일이 디데이인데요."

"디데이든 아니든 그건 그렇게 중요한 게 아니에요. 우리 영감이 좀 전에 정신이 들어서 뭐라고 한 줄 알아요? 미안하다면서 눈물을 철철 흘리더라고요. 디데이를 하루 앞두고 그런 말을 들을 줄 누가 알았겠어요? 그 말을 듣지 못했다면 나는 죽어서도 우리 영감을 원망했을 거요. 이 세상 살면서 좀 전처럼 귀하게 다가온 시간은 없었어요. 어차피 죽을 영감이라고 생각하고 말았는데 죽을 때 죽더라도 남은 시간은 중요하다는 걸 알았어요."

할머니가 눈물을 찍어 냈다.

"할머니께서도 오늘 실시간 검색어 1위를 보신 모양이군요."

의사가 말했다.

"뭐요? 나는 그런 것 몰라요. 아무튼 빨리 좀 옮겨 줘요."

할아버지는 곧 중환자실로 옮겨졌다.

중환자실 앞에는 넓은 휴게실이 있었다. 히터도 빵빵하게 들어오고 텔레비전도 있었다. 편히 앉을 수 있는 소파도 있었다. 할머니는 이럴 줄 알았으면 진작 중환자실로 옮길 것을 공연히 좁아터지고 불편한 응급실에서 고생했다고 후회했다.

도진이는 민구 동영상을 계속 돌려 봤고 할머니는 소파에 누워 잠이 들었다. 엄마와 아빠, 그리고 나는 텔레비전을 바라봤다.

텔레비전 왼쪽 상단에는 'D-day 1'이라고 크게 쓰여 있었고 그 옆에 작은 글씨로 '오전 12시 예측'이라고 적혀 있었다. 오른쪽 상단에는 지구를 향해 다가오고 있는 G1의 모습이 자리 잡고 있었다.

중간 화면은 수시로 바뀌었다. 교회와 절, 그리고 성당에서 기도하는 사람들의 모습이 나왔다가 공원에서 친구나 가족과 함께 이야기를 나누는 사람들의 모습도 나왔다. 썰렁한 대형마트와 백화점 모습이 보여지기도 했다. 실시간으로 세계의 모습을 보여 주기도 했는데 어느 나라나 비슷했다.

"다들 어쩌면 저렇게 차분할까?"

엄마가 혼잣말처럼 중얼거렸다.

엄마는 지구가 폭발하면 지구에 있는 모든 생명체가 다 사라지는 걸까, 하고 물었고 아빠는 우주로 날아간 생명체 중에 하나가 어느 행성에 정착해 수만 년 뒤 그 행성은 지구 모습이 되어 있을지도 모른다고 했다. 엄마는 그럴 가능성이 몇 퍼센트나 될까 하고 물었고 아빠는 0퍼센트일 수도 있고 백 퍼센트일 수도 있다고 대답했다. 한참 생각에 잠겼던 엄마가 그 생명체가 나나 도진이면 좋겠다고 말했고 아빠는 그럴 가능성도 있다고 말했다. 그러자 엄마는 한층 환해진 얼굴로 그 가능성이 얼마나 될까 하고 물었고 아빠는 0퍼센트도 될 수 있고 백 퍼센트도 될 수 있다고 말했다. 나는 아빠 말을 이해할 수 있었다. 우리 앞에 일어날 일을 모른다는 뜻일 테다.

계속 텔레비전을 보고 있던 아빠가 밤 11시가 되자 텔레비전을 껐다. 조금 전과는 다르게 아빠 얼굴이 초조해 보였다. 아빠는 도진이에게 음악을 그만 들으라고 말했고 할머니를 깨웠다.

"이제 1시간 남았어. 음, 아빠는 우리 가족이 지금 이 시간 한자리에 있어서 고맙다. 나는 나만의 방식으로 디데이를 맞이하는 게 어떤 건지 오늘 내내 생각해 봤다. 그리고 결심했어. 여태 마음속에 담고서도 밖으로 내놓지 못했던 말을 하자."

아빠 입술이 바짝 타들어 갔다. 하지만 굳게 결심한 듯했던 아빠는 쉽게 말을 꺼내지 못했다.

적막이 흘렀다. 아빠는 할머니와 엄마, 그리고 나와 도진이를 천천히 번갈아 보았다. 마치 이 모습을 잊지 않고 간직하려는 것처럼. 엄마는 손바닥으로 이마를 짚고 곧 울음을 터뜨릴 것처럼 숨을 몰아쉬었다. 할머니는 마디가 굵은 손가락을 매만졌고 도진이는 천장에 매달린 형광등을 빤히 바라보았다.

"어머니."

아빠가 할머니를 바라봤다.

"어머니 아들이어서 좋았어요. 도진아, 아빠 딸로 와 주어서 고마웠고 도용아, 매일 야단만 쳤지만 아빠는 너를 많이 의지했단다. 아빠 아들이어서 정말 고마웠다. 그리고 여보, 고생 많았어. 늘 이런 마음을 갖고 있었는데 왜 밖으로는 엉뚱한 말들만 쏟아 냈는지 모르겠어."

흑흑흑. 휴게실 안은 금세 코 훌쩍이는 소리로 가득 찼다.

"아빠. 내 뒷바라지하느라 고생 많았어. 쑥스러워서 말은 안 했지만 아빠 엄마가 고생한 거 다 알아. 엄마 아빠 딸로 태어나게 해 줘서 고마워. 할머니도 고마워."

도진이가 흐느끼며 말했다.

"나야말로 다 고맙지. 착한 아들 며느리에 똑똑한 손녀 공부는 못하지만 속이 한없이 넓은 손자. 다 나한테는 과분했어."

할머니도 흐느꼈다.

"어머니 감사해요. 돈 번다고 밖으로만 나도는 저 대신 애들 키워 주시고 살림 다 맡아 주시고. 저도 쑥스러워 말을 하지 못해서 그랬지 늘 감사하게 생각했어요."

엄마는 말을 하다 코를 팽 풀었다.

우리 가족의 나만의 방식은 마음속에 있는 말들을 풀어놓는 거였다. 아빠의 마음, 엄마의 마음, 그리고 할머니의 마음, 도진이의 마음을 오늘 처음 알았다. 서로를 향했던 미움은 오해의 덩어리였고 그 오해의 덩어리가 생활 곳곳에 근육이 되었던 거다. 다시 한번 어제 하린이를 만난 건 정말 다행이라고 생각했다.

"도용이 네 차례야."

모두들 나를 바라봤다.

나는 내 마음 깊은 곳을 뒤적였다. 어떻게 말을 해야 내 마음을 잘 전달할 수 있을까. 기회는 지금밖에 없는데 나는 여전히 지금 이 시간에도 서툴렀다. 그때였다. 민구에게 문자가 왔다.

—도용아. 지켜 줘서 고맙다. 영혼이 있다면 많이 보고 싶을 거다. 사랑한다.

"영혼이 있다면 많이 보고 싶을 거예요. 사랑해요."

사랑한다는 말에 휴게실 안은 통곡 소리로 가득 찼다. 도진이가 나를 부둥켜안았다. 오빠, 오빠. 도진이가 나를 오빠라고 불렀다. 쌍둥이로 태어나 열여섯 살까지 살면서 단 한 번도 오빠라고 부른 적 없던 도진이었다. 오빠라고 부르기는커녕 이웃집 똥개 취급하던 도진이었다. 그런 도진이가 나를 안고 엉엉 울었다.

괜찮았다. 할아버지 할머니 손자로 살았던 열여섯 해, 엄마 아빠의 아들로 살았던 열여섯 해, 도진이와 쌍둥이로 살았던 열여섯 해. 생각해 보니 그런대로 괜찮았다.

한바탕 울고 나서 시계를 봤다. 막 12시가 되고 있었다. 우리는 누가 먼저랄 것도 없이 손에 손을 잡았다. 긴장은 최고조에 달했다. 숨도 잘 쉬어지지 않았다. 이러다 지구와 G1 행성이 부딪히기 전에 호흡곤란으로 죽게 생겼다.

10분이 지나고 30분이 지나고 1시간이 지났다.

"오전 12시라고 하지 않았니? 지구와 G1이 부딪히는 시간 말이다."

아빠가 물었다. 나와 도진이가 동시에 고개를 끄덕였다.

"어떻게 된 거지?"

아빠와 나는 동시에 휴대폰을 집어 들었다. 인터넷은 일시적 오류가 떴다. 텔레비전도 화면 조정 시간 때 보여 주는 무지개색 화면이었다.

아침이 되도록 아무 일도 일어나지 않았다. 8시가 되어서야 인터넷이 정상으로 연결되었고 텔레비전도 방송을 재개했다.

G1 행성, 지구와 1센티미터의 틈이 생기면서 무사히 지나가다.

가슴에서 뭔가 와르르 무너지는 소리가 들렸다. 가장 먼저 하린이 얼굴이 떠올랐다. 큰일 났다. 지구가 멀쩡할 줄 알았다면 하린이를 그렇게 급하게 만나는 게 아니었다. 추리닝 바지 안에 손을 넣고 벅벅 긁는 모습을 보고 하린이가 얼마나 놀랐을까, 아 쪽팔려, 쪽팔려 미치겠다.

"그런데 하도용. 너 내 가방 어쩔 건데? 지하철역 쓰레기통에다 던져 버렸으니 가방 없이 학교에 어떻게 가?"

도진이가 걱정했다. 그 가방 엄청 비싼 거라고 했지? 새로 산 지 며칠 안 되는 거라고 했지? 갈수록 태산이다.

"으응? 도용이가 네 가방을 버렸어? 무슨 배짱으로 그걸 버려? 참 나 원, 그래도 어쩌겠냐. 나를 사랑한다는 아들이 저지른 짓인데. 새로 하나 더 사 줘야지."

아빠의 말에 할머니가 덧붙였다.

"도용이 것도 하나 사 줘라. 도용이 가방 옆에 구멍 났더라. 공부는 못해도 가방은 제대로 된 거 들고 다녀야지. 혹시 아냐. 가방이 좋아서 공부도 잘하게 될지."

아빠는 배달하지 않고 둔 물건을 걱정했고 엄마는 네일을 받으러 온다는 손님을 안 받았는데 삐쳐서 앞으로 안 오면 어쩌나 걱정했다.

"그나저나 영감탱이 정신이 빨리 돌아오겠지? 설마 산소호흡기를 달고 계속 그러고 있지는 않겠지?"

할머니도 걱정했다.

"오늘 걱정이 하나도 없는 사람은 타코야키 파는 아줌마밖에 없겠다."

타코야키 아줌마는 단 하루도 거르지 않고 열심히 타코야키를 구웠으니까. 하지만 디데이를 믿었던 날을 후회하지 않는다. 그 특별한 며칠간 나는 많은 것을 알게 되었다. 민구는 날갯죽지가 아프도록 날기 위해 노력하는 걸 알았다. 도진이 역시 날기 위해 발버둥치고 있다는 걸 알았고 또 나를 미워하지만은 않는다는 것도 알았다. 할아버지에 대한 미움만 가득한 줄 알았던 할머니 마음 한쪽에 할아버지를 위해 비워 놓은 공간이 있다는 것도 알았다. 그리고 우리 가족의 마음을 알았다.

"어? 하린이가 문자 했네."

도진이가 휴대폰을 확인했다.

"야, 하도용. 너 하린이 앞에서 이상한 짓 했니? 너 미쳤니?"

도진이가 팔짝 뛰었다. 이 일을 어떻게 해결해야 하나 걱정이다. 이게 다 과학자들 때문이다. 직업이 과학자인 사람들이 제대로 좀 하지. 학생을 이렇게 곤란하게 만들어도 되는 거야? 구시렁구시렁 과학자들 욕을 하고 있는데 머릿속에 나중에 과학자나 되어 볼까 하는 생각이 스치고 지나갔다. 알레르기라는 알레르기는 싹 없애 주는 방법을 연구하면 그야말로 끝내줄 텐데. 하린이는 밀가루 알레르기가 있다고 했는데 그걸 내가 고쳐 준다면? 흐흐흐흐흐흐, 웃음이 나왔다. 그러다 정신이 번쩍 들었다. 내 주제에 무슨 과학자? 아니지. 못할 게 뭐 있어? 날갯짓 한번 신나게 해 보지, 뭐. 혹시 알아? 훨훨 날 수 있을지. 날개는 날기 위해 있는 거다.

새로운 시작

실시간 검색어 1위였다.
그래 오늘부터 새롭게 한번 시작해 보지, 뭐.

작가의 말

'지구의 종말' 디데이를 향한 카운트다운이 시작된다면 우리의 생활은 어떻게 바뀔까? 그런 생각은 만족스러운 삶을 살고 있을 때는 찾아오지 않았다. 나만 도태되는 느낌, 앞날에 대한 불안이 엄습할 때 불쑥불쑥 찾아왔다. 그리고 뜻밖에도 전환점이 되곤 했다.

지구의 종말이 며칠 뒤라 해도 마음이 급해졌다. 어차피 모두 다 함께 종말을 맞이하는 상황인데도 해야 할 일이 산더미처럼 몰려왔다. 가족, 친구, 이웃 간에 쌓인 갈등을 풀고 싶었고 빌린 돈이나 신세를 진 것이 있으면 갚고 싶었다. 쌓아 둔 빨래도 해야 했다. 먼지가 가득한 방 청소도 하고 싶었다. 그렇게 미루어 두었던 일들만 생각났다.

우리에게 주어진 삶은 너무나도 팽팽하다. 모두들 자신의 자리에서 하루하루 치열하게 살아간다. 그 자리에서 조금이라도 벗어날 여유가 없다. 우선순위가 아니면 미루어 두는 거쯤이야 당연하게 생각한다. 그 우선순위라는 것이 과연 나에게 우선순위가 맞는 건지 돌아볼 겨를도 없다. 그냥 간다. 가야 하니까.

나는 지구의 종말을 앞두고 카운트다운이 되는 상상을 하며 내가 느꼈던 이야기를 하고 싶었다.

오늘이 디데이 30일입니다.

길거리 전광판에 이런 글이 쓰여 있다면, 그리고 그 날짜가 하루하루 줄어든다면?

우리는 잊고 있다. 지구의 종말이 오지 않더라도 누구나 언젠가는 삶을 마친다는 것을. 영원히 사는 사람은 존재하지 않으니까. 그걸 알면서도 잊고 살고 있다. 물론 매일매일 그 사실을 기억하며 살자는 말은 아니다. 다만 우리에게 주어진 시간이 한정적이라는 것을 기억할 때 주어진 시간이 다르게 다가올 것이다.

이 책에 등장하는 인물들 역시 그렇다. 이야기는 지구의 종말을 앞두고 카운트다운이 되면서 시작된다. 이야기 속 대부분의 사람들은 그걸 믿지 않고 평소처럼 살아간다. 지구의 종말 디데이는 실시간 검색어에서도 시험지 유출 사건, 부동산 재개발 등에 밀리고 만다. 지구의 종말이 과학적으로 확실하게 증명되어서야 혼란스러워한다. 그리고 자신이 살아왔던 날들을 되짚어 보고 후회도 한다. 남은 며칠 안에 헝클어진 관계를 풀어 보려고 애를 쓰기도 한다. 이미 늦었을 때 많은 일을 한꺼번에 해결하려고 하는 우리의 모습이다.

이 책에서는 새로운 기회가 주어지며 이야기가 끝난다. 지구와 부딪힐 거라고 예상했던 행성이 다행스럽게도 무사히 지나가면서다.

새로운 시작

디데이가 지나간 다음 날 실시간 검색어 1위다.

지구의 종말을 백 퍼센트 받아들였던 모든 이들에게 새로운 삶의 1일이 시작되는 거다. 이 책에서 도용이는 말한다. 날개는 날기 위해 있는 거라고.

그다음 이야기는 각자의 몫이다.

박현숙

마음을 꿈꾸다 01

실시간 검색어 1위

초판 1쇄 펴낸날 2019년 7월 15일 **3쇄 펴낸날** 2020년 7월 20일

글 박현숙

펴낸이 허경애

편집 김성화 **디자인** 최정현 **마케팅** 정주열

펴낸곳 도서출판 꿈터

출판등록일 2004년 6월 16일 제313-204-000152호

주소 서울시 마포구 양화로 156, 엘지팰리스빌딩 825호

전화번호 02-323-0606 **팩스** 0303-0953-6729

이메일 kkumteo77@naver.com

블로그 http://blog.naver.com/yewonmedia

인스타 kkumteo

ISBN 979-11-88240-59-3(44810)

꿈꾸다는 꿈터의 청소년 브랜드입니다

* 잘못된 책은 구입하신 서점에서 바꾸어 드립니다.

이 도서의 국립중앙도서관 출판예정도서목록(CIP)은 서지정보유통지원시스템 홈페이지(http://seoji.nl.go.kr)와 국가자료종합목록 구축시스템(http://kolis-net.nl.go.kr)에서 이용하실 수 있습니다. (CIP제어번호 : CIP2019023629)